Tocame

Romance con un Multimillonario
Mallory Parte 1

Por Kimberly J.

Published por Kimberly J.

© Copyright 2020

ISBN-13: 9781087860107

Tabla de Contenido

Descripción

La historia de la familia Mallory: Scion Randall Mallory, tiene cuatro hijos y un nieto que han sobresalido en sus propias maneras y que han conquistado el mundo del arte, mundo de negocios, mundo tecnológico, mundo de actuación, mundo deportivo y mundo de propiedades. Son la familia más rica de la costa oeste. Mallory cuenta su historia junto con las mujeres y amigos en sus vidas que finalmente interactúan y se enamoran...

Cuando la estudiante de Artes, Quilla Chen, se sumerge valientemente en un canal Veneciano para rescatar a un suicida, ella nunca hubiese pensado que el hombre que ha salvado es el hijo mayor de una de las familias más adineradas de Estados Unidos. Pero Jakob Mallory tiene sus propios y sobre todo oscuros secretos- una adicción a la cocaína que ha alimentado su épico ascenso, pero ahora amenaza todo lo que ha logrado, y su adicción solo se hace más fuerte. Su atracción es mutua y se vuelve cada vez más notable hasta convertirse en amantes. Cuando Jakob y Quilla vuelven a Seattle, Jakob la convence de conocer a su familia y pronto se ven envueltos en sus vidas y su amor es palpable. La única persona que se ve disgustada a la llegada de Quilla es el socio de Jakob, Gregor, quien fue el que lo introdujo al mundo de la adicción para su propio ambicioso propósito. Cuando él le ofrece a Quilla una cantidad enorme de dinero para dejar a Jakob, un furioso Jakob enfrenta a Gregor y lo despide de la compañía, con el apoyo de su padre. Gregor, humillado y enfurecido confronta a Jakob y a Quilla en un encuentro público que podría poner en peligro sus vidas…

Atorméntame

-¡Bella, bella, bella!

Quilla ignoro la llamada de los gondoleros mientras caminaba rápidamente sobre el puente. Estaba oscuro, y Venecia se estaba preparando para la noche en ese momento, en este puente en particular, estaba silencioso. Quilla se enfocó en su destino; ella había practicado bastante como ignorar los incesantes silbidos que la seguían. Incluso vestida como estaba; una simple camisa blanca y pantalones tipo cargo, los italianos harían que su apreciación se supiera. Esto la había molestado desde el principio – Su sensibilidad Estadounidense ofendida por la objetivación de los jóvenes italianos- pero solo los ignoro.

Todos los días se levantaba en esta gloriosa ciudad, Quilla Chen podía pasar unos segundos maravillada contemplando el bello lugar. Italia… ella nunca pensó que una chica de clase trabajadora como ella podría llegar hasta ahí. Bueno, ella trabajaba dieciocho horas al día para encajar tanto en el trabajo como en la universidad, terminando con una Maestría en Bellas Artes pero cuando su profesor –y Alma Mater- la llamo para notificarle que había ganado una beca para pasar el verano pintando en Venecia no podía creerlo.

-Y cuando vuelvas- dijo amablemente –vamos a discutir tu tesis doctoral.

Ella, Quilla Chen, proximamente Doctora Quilla Chen.

-Hare que estés orgullosa, mamá- dijo el día que se enteró de la noticia. La fotografía de su madre, cinco años muerta, no la compensaba por la pérdida, pero aun así, Quilla no se había sentido tan feliz en un largo tiempo.

-Haz algo- fueron las últimas palabras de su madre. Ella había hecho algo. A tan solo veinticuatro años, Quilla veía un futuro con valor, con significado.

Ahora, se encontraba caminando hacia el norte de la ciudad, hacia Cannaregio, lejos de los lugares turísticos, se preguntó distraídamente si podía hacer una vida aquí, en la gloriosa ciudad. Parecía que la ciudad tuviese demasiado por descubrir como para hacerlo solo en un verano, quería sumergirse en la cultura, en el idioma, y sobre todo en la belleza.

Desde que había llegado, tan solo una semana atrás, ya había pintado varias piezas, de lo inspirada que había llegado a estar. Esta noche, su misión era dibujar y fotografiar el oscuro atardecer de St. Dell'isole Michele y Murano del Ponte de la Sacca de la Misericordia. El puente estaba callado cuando llego ahí. Se sentó en un pequeño camino de piedras a un lado del puente y miro sobre la laguna Veneciana. Había sido un día típicamente sofocante, pero en cuanto el sol empezó a ponerse, los colores que se propagaban en el cielo eran maravillosos. Pronto, Quilla se encontraba tan perdida en su trabajo que ni siquiera notó cuando el ultimo barco salió de debajo del puente ni cuando las farolas se encendieron. Solo alzo la vista en cuanto oyó el roce de unos zapatos. Un hombre alto, de traje, se puso de pie encima del puente, mirando hacia el agua. Era atractivo —con ojos enrojecidos y sin afeitar- Quilla dedujo que probablemente él estaba a comienzos de su mediana edad. Fue la expresión de su rostro la que hizo que su corazón se sumergiera en tristeza. Desesperanzado, absolutamente sin esperanzas… se dibujó a si misma dentro de las sombras del puente de su pintura, no quería entrometerse en la vida de aquel hombre, pero no podía quitarle la mirada de encima. Mientras ella veía, el lentamente, se quitó su chaqueta y la dejo cuidadosamente sobre el piso del puente. Con terror miró como dejaba su billetera y teléfono encima y luego sus zapatos.

Oh, Dios no

Antes de que pudiera gritar, él salto con un solo movimiento, sumergiéndose en las oscuras profundidades del agua.

Quilla reacciono de inmediato, quitándose sus zapatos y camisa se lanzó al agua. Al abrir sus ojos no veía nada más que la oscuridad del agua de la laguna; en lugar de ver, extendió sus manos buscando. Sabía que probablemente no tenía esperanzas pero algo en el rostro del hombre la había hecho querer buscarlo, querer salvarlo. Subió a la superficie para tomar aire, entonces, con el rabillo del ojo noto algo. Sin pensarlo dos veces extendió sus manos hacia el lugar y sintió un brazo. Lo subió y el hombre subió a la superficie también, escupiendo y maldiciendo en inglés.

Un estadounidense

-No, no te atrevas- Quilla tosió mientras él se trataba de librar del agarre. Lo llevó hasta una parte del canal. Era un hombre grande así que lo único que podía hacer era llevarlo hasta una parte y esperar a que alguien viniera a ayudarlos a ambos.

-Déjame ir- murmuró. Su voz estaba quebrada

-No, nunca…- Quilla no tiene idea de por qué ella dijo eso con tanto sentimiento en su voz, pero todo su mundo se había resumido a salvar a ese hombre justo en ese momento. Gritó, con esperanzas que una de las personas que vivían cerca del canal pudiese oírla. Un minuto o dos pasaron antes de que dos jóvenes vinieran a ayudar.

-Sáquenlo a él primero- ordenó ella y, aunque no parecían felices con eso, hicieron lo que dijo, llevando al mojado estadounidense a una roca que estaba cerca y luego haciendo lo mismo con ella.

-Gracias- dijo sin aliento —gracias.

Ellos preguntaron, con un mal Inglés, si ella estaba bien, si quería que ellos llamaran a una ambulancia. Quilla, jadeante, bajo la mirada para cuestionar al americano, quien negó con la cabeza.

-No, por favor, sin ambulancia, sin policía, sin prensa.

¿Sin… prensa? ¿Quién era este sujeto?

Quilla volvió a ponerse su camisa sobre su húmedo cuerpo, claramente decepcionando a los dos jóvenes. Ella sacudió su cabeza, riendo.

-Miren, ¿Podrían vigilarlo por un segundo mientras voy a tomar sus cosas de allá? Tal vez con eso sepa quién es y adonde podemos llevarlo.

Subió hasta el puente y agarró su chaqueta y sus cosas personales. Bajó para colocar su chaqueta a su alrededor y, por primera vez, pudo mirarlo correctamente. Sus ojos mantuvieron la mirada y Quilla sintió como algo cambiaba en su alma. El subió lentamente su mano y la colocó sobre su mejilla, acariciando la suave manzana tan tiernamente que pensó que podía llorar, mirándola como si no pudiese creer que ella estaba ahí.

-Está bien- dijo ella, avergonzada haciendo que sus mejillas se tornaran cálidas —vamos a ver quién eres… ¿Jakob? ¿Jakob Mallory?

-Sí, yo…- dio un gran suspiro y ella vio otra vez cuán desesperanzado estaba —para lo que vale, soy Jakob Mallory.

-Jakob, ¿tienes un lugar donde quedarte?- El negó con la cabeza —volé hasta acá esta misma tarde. No planeaba tener vacaciones.

Él le regaló una sonrisa con ironía, la primera señal de su personalidad y se encontró a si misma sonriéndole de vuelta.

-Bueno, entonces… ¿puedes caminar? Puedes quedarte en mi sofá esta noche, y luego te buscamos una habitación mañana.

El seguía mirándola y por un momento no estuvo segura de si él estaba prestando atención.

-Está bien.

No fue hasta que estaban caminando de vuelta a la ciudad que ella se dio cuenta de lo que estaba haciendo. Acababa de salvarle la vida a este hombre… y que, ¿ahora lo estaba llevando a su departamento?

Estás loca

Pero su instinto le dijo que él no era ningún peligro, y por Dios, se sentía responsable por él. A pesar de eso, ella era muy buena en Artes marciales solo por si él trataba de hacer algo…

-¿Cuál es tu nombre?

Ella sonrió

-Quilla. Quilla Chen.

-Quilla. Inusual.

Ella se limitó a no responder, acostumbrada a la reacción. Caminaron en silencio por un momento entonces él le puso una mano en su hombro y deteniéndola.

-Puedo encontrar un hotel… está bien.

Ella lo miró. Sus ojos eran avellana profundo verdoso, su cabello corto era unos tonos más claro. Se alzó sobre ella, él era un muy impresionante espécimen físico, tuvo que admitirlo, pero era la mirada de sus ojos que todavía le hablaban. Soledad. Desesperación.

-No creo que deberías estar solo esta noche- dijo simplemente y Jakob le sonrió suavemente.

-Puedes estar en lo cierto.

Quilla respiró profundo.

-Mira, vamos a mi departamento, toma un baño caliente. En el camino habrá algunas tiendas de turistas, podemos entrar, conseguirte algo de ropa limpia. Necesitas comida, calidez y alguien a quien hablarle. No eres un maníaco homicida, ¿verdad?- hizo la pregunta con algo de gracia en su rostro pero tenía que ser cautelosa, él era un extraño, después de todo.

-No últimamente- dijo —aunque hubo una vez que me quedé atrapado en un elevador escuchando Justin Bieber. Quilla rio, relajándose.

-Completamente entendible. Vamos, entonces.

Aplastó los dientes de ajo y los añadió a la sartén. Si había una cosa que amara tanto en el mundo eran el arte, libros y cocinar y ahí, en esa ciudad, tenía acceso a los mercados de agricultores que tenían las más deliciosas y maduras frutas y verduras, pequeñas tiendas donde venden delicateses infinitas en cada clase de carnes y quesos. Era agradable, ahora que lo notaba, tener a alguien a quien cocinar. Un simple plato de tomates y pasta podría ser, pero acompañado de crujiente pan y un buen vino tinto, y el sonido de la noche nocturna veneciana colándose por las largas ventanas, era una perfecta tarde. Mientras la salsa hervía en la estufa, Quilla abrió las ventanas para admirar las luces de la ciudad.

-Hermoso.

Comenzó. No escuchó la tubería drenar, ni la puerta del baño abrirse. Jakob Mallory estaba sonriendo en la entrada, vistiendo una ligera camiseta de algodón y pantaloncillos que se las habían arreglado para conseguir en una tienda para turistas. Mostraban sus muy largas piernas y bien marcadas pantorrillas. La camiseta enmarcando su torso y el caqui que reflejaba su color de ojos.

Sus ojos, seguían preocupados, seguían tan tristes, se encontraron con los de ella, y se arrugaron maravillosamente en los bordes mientras él sonreía.

-La comida. Huele hermoso.

Quilla rodó los ojos, ruborizada.

-Solo es pasta- pero ella estaba absurdamente complacida.

—por favor, siéntate, está casi lista.

Ella llenaba su plato mientras él servía el vino y miraba el apartamento. Estaba en mal estado, rustico mejor dicho, y ella amaba cada pulgada de él. Toda la superficie de la pieza estaba cubierta con sus libros, pinturas, papeles y pinceles. Al final de la larga mesa de la cocina había una pila de libros y él tomó uno que estaba en la cima.

-La Historia del Arte. E.H, Gombrich. Te llevarías bien con mi papá.

Quilla balanceaba dos platos repletos de comida, se tambaleó mientras los colocaba en la mesa, uno en frente de Jakob mientras en su rostro se veía una sonrisa tímida.

-Disfrútalo. Simple, pero creo que te hará sentir mejor. Y bueno, el ajo debe ser suficiente como para matar cualquier bacteria a la cual pudimos habernos expuesto en la laguna.- dijo haciendo una mueca y sonriendo después.

-Ahm, si, lo siento, por eso y… gracias. Por la comida, por haberme salvado la vida, por tu amabilidad.

Quilla no pudo evitar sonrojarse de nuevo, enrolló un poco de pasta en su tenedor y se lo metió a la boca.

-Así que…

-¿Por qué trate de suicidarme?

Quilla trago la comida

-No, eso no es de mi incumbencia. N0 tienes que hablarme de eso… hablemos de otra cosa.- Jakob asintió, aparentemente considerando sus palabras. Después de una pausa, el atacó su comida otra vez.

-Esto está muy delicioso, Quilla. Así que dime… ¿vives aquí?

Quilla le contó sobre la beca. —Nunca, ni en un millón de años hubiese pensado que vendría aquí. Es como un sueño.

-¿De dónde eres?

-Seattle.

Jakob puso su tenedor de nuevo en el plato. —Tienes que estar bromeando.

Quilla frunció el ceño. —No… ¿Por qué?

Jakob sonrió. —Mi familia, cada uno de ellos, viven y trabajan en Seattle. Nacidos y criados.

Algo daba vueltas en su cerebro, pero no podía saber que era aún.

-¿Tu familia?

Mallory. Mallory, hay algo con ese apellido

Jakob miró vagando con la mirada alrededor, incomodo.

-Mi papá es Randall Mallory.

Santas. Jodidas. Bolas

Quilla se le quedó mirando.

-No puede ser. Estas jodiendo conmigo.

Jakob, aun sonriendo, se levantó para buscar su iPad para luego dárselo. —El nombre de tu beca es…

-… El Premio Ran Mallory por Excelencia en Artes-
Quilla escribió el nombre de Jakob para luego encontrar
la pantalla de su iPad repleta de imágenes del hombre que
estaba sentado al frente de ella. —esto es demasiado… tu
papá es una leyenda. Fue a hablar en mi graduación…
Mierda, Jakob, esto es demasiado extraño.
Ella dejó caer el iPad sobre la mesa, como si la hubiese
quemado. Entrecerró los ojos al ver a Jakob reír.
-Acaso, ¿era esto una prueba? Me dieron la beca, así…-
ella inmediatamente se retractó de sus palabras al ver la
sombra de un pasado cercano pasar sobre su rostro. —
Dios. Perdón. No debí decir eso, fue muy estúpido.
Jakob puso una mano sobre la de ella.
-No te preocupes. Bueno, ¿los dos somos nacidos en
Washington?- Quilla le sonrió. Agradecida.
-Así parece. Bueno, ahora sé que eres un Mallory, lo cual
no me deja preguntas referentes a lo que haces… aunque
supongo que puedo peguntarte que parte de su billón de
dólares te toca a ti manejar.
Él sonrió ante el asombro y duda que había en su voz.
—Lamentablemente, no el de Artes. Ese es el dominio de
mi papá y hermano menor Grady.
-Oh, tienes otro hermano, ¿cierto?
-Dos. Kit es el mismo en quien piensas, actor, modelo y
una molestia en el culo. Su gemelo Joel, es entrenador de
tenis, principalmente entrena a su hijo…
-¡Skandar Mallory!- exclamó ella, viendo la conexión. —
Wow, mi mejor amiga y yo siempre vamos a verlo cuando
juega en Washington.
El levantó una ceja -¿Te gusta?

-No- dijo pero se rio —Así que, es tu sobrino, ¿eh?

Jakob rio.

-Me siento tan viejo en este momento.

Quilla comenzó a disculparse pero él levantó la mano haciendo un ademan de silencio.

-Por favor, solo bromeo... aunque ¿te importaría si te pregunto cuántos años tienes?

-Veinticuatro

Él la miró de arriba abajo.

-Veinticuatro, tal vez cinco y cinco en cada pie, sin embargo, levantaste unas doscientas libras y seis pies de un hombre en un canal.

-Adrenalina- dijo rápidamente -Además, ya sabes, tengo unas cuantas habilidades.

Él rio.

-¿Sabes? No estoy seguro de si he conocido a alguien como tú en toda mi vida.

-Buen trabajo si tratas de buscarla, necesitaras terapia. No otra vez. Debería meterme los pies a la boca

 -Lo siento, tengo muy poca delicadeza y claramente no tengo nada de tacto.

-Estaba perdido.- dijo de repente. -Me olvidé de lo que era divertirse, reír, disfrutar de nada. Desde hace meses. En ese momento, sólo pensé... tan rápido, tan fácil.

Quilla se apoyó en los codos y lo estudió.

-Pero volaste hasta aquí sin equipaje, ¿en un capricho?

-No exactamente... Tenía una parada en París. Mi equipaje está, probablemente, disfrutando de un viaje a la Torre Eiffel en este momento. Pensé que había llegado a la ciudad y al cabo de unas pocas horas después...- Se calló. Quilla estaba segura de que estaba ocultando algo nuevo, pero se mordió la lengua. Él tomó una respiración profunda.

-¿Qué hay contigo? ¿Familia? ¿Esposo?

-No, nada. Solo yo.

-Lo siento.

-No, está bien. Tengo amigos, buenos amigos, y amigos increíbles. Y se me da bien estar sola.

Él sonrió ante eso, pero no dijo nada. Quilla jugaba con la copa de vino.

-¿Jakob?

-¿Sí?

-¿Quieres más comida? ¿Más vino?

-No, gracias, estaba deliciosa pero no podría comer otra cosa mas. Si no es mucho pedir, sólo quiero tu compañía por el resto de la noche.

-Claro, sentémonos en el balcón, yo si quiero más vino, no importa lo que digas, me lo llevo.

-Alcohólica.

-Cállate.

Ella estaba sorprendida de la facilidad con que podían hablar. Debía ser unos diez, quince años mayor que ella, tal vez más, pero no sentía la diferencia de edad en absoluto. Parecían almas gemelas, hablando de música, Italia, libros, comida. Era cerca de la medianoche cuando Quilla bostezó de repente.

-Lo siento.

Jakob parecía divertido. -Ya es tarde.

-Lo es- de repente hubo un poco de tensión en el aire. -Mira- dijo finalmente -eres un hombre grande y mi sofá es muy pequeño. Yo voy a dormir ahí, tu toma mi cama.- se había sonrojado furiosamente, pero no sabía exactamente por qué.

Mierda se dijo te sientes atraída por él, eso es todo.

Jakob negó con la cabeza.

-De ninguna manera, has hecho demasiado por mí ya. ¿Tienes una almohada? solo necesito eso.

Sacó algunas sábanas y una almohada de su armario e hizo un gesto hacia la cocina, de repente se puso tan tímida que no podía mirarlo a los ojos.

-Toma lo que necesites. Oh...- dijo mientras entraba al baño y luego salió agitando un cepillo de dientes aún en su paquete.

-Suerte que me quedaba uno.

Jakob lo tomo.

-Realmente no puedo agradecerte lo suficiente, Quilla, en serio.

-Está bien. Ha sido una noche inesperadamente preciosa.

Jakob estaba tumbado de espaldas, mirando al techo, preguntándose cómo llegó hasta aquí. No había planeado volver a ver esa noche o cualquier otra. Pero esa pequeña niña en la habitación contigua... Maldición, cuando sintió su pequeña mano tirando de su brazo, su cuerpo presionándolo hasta un lado del canal, gritando con todas sus fuerzas para que alguien le ayudara a salvarlo. Por un momento había pensado apartarla, decirle que no valía la pena. Entonces que había visto su rostro. Su belleza etérea eso había enviado una sacudida a través de su alma, su suave sonrisa, el cabello oscuro colgando en mechones empapados alrededor de la cara más exquisita, el rubor en sus mejillas por el esfuerzo -de salvar su vida. Por Dios... su mente agotada, delirante no sabía nada, tampoco que pasaría.

Y cuando él mismo se había calmado, se dijo a sí mismo que había encontrado algo nuevo - una nueva amiga, la oportunidad de una nueva vida.

...Si no fuera por los millones de insectos que se arrastran bajo su piel en este momento, arañando y arañando sus nervios, gritando por su medicina. La cocaína era una amante del mal, insidioso y en el último año, sucumbió. Poco a poco se convirtió en una necesidad más que un placer; algo que él pensaba que podía controlar. Hasta que se hizo evidente que no podía...

Había caminado fuera de la sala de estar en el aeropuerto de Venecia, dejando su equipaje, su vuelo a París, donde su hermano Grady le estaba esperando. Debía llamar; hacerle saber que se alojaba aquí por unos pocos…

¿Debía?

Apartó la sábana que lo cubría y se incorporó. Los ojos verdes, labios color rosa, una media sonrisa... Él ni siquiera conocía a la mujer que lo había salvado hace no más de un día y ahora, ¿qué era lo que pensaba? Quedarse y arrastrarla a su jodida vida. Mierda, no.

Se levantó, fue a buscar su ropa, limpió y secó el balcón. Una vez seco llevó las cosas al interior y se vistió, moviendo la cabeza.

Diablos, ¿Qué estaba pensando?

Miró a su alrededor buscando papel y un bolígrafo.

Dulce Quilla, no hay palabras para decirte lo agradecido que estoy de haberte conocido esta noche, por ser tan valiente y desinteresada. Permíteme ser el mismo, continuar haciendo lo mío y no arrastrarte en mi desorden, pero sé que nunca, nunca te voy a olvidar. Jakob.

Hizo caso omiso de la tristeza palpitante que sentía en su corazón y salió para dejar la nota sobre la mesa de la cocina. Incapaz de resistirse, empujó la puerta del dormitorio abierto y miró adentro por una rendija. Estaba tumbada sobre su estómago, su cabello oscuro regado sobre la almohada, sus oscuras pestañas descansando sobre sus mejillas.

Valiente, inteligente, divertida y hermosa pensó Jakob mientras cerraba la puerta, sintiéndose mal por irse.

Cierra la puerta lentamente y luego se detiene. No había llave por ninguna parte. La puerta era vieja, no había cerrojos, solo una vieja cerradura de moda. Miro a su alrededor buscando la llave, sobre unos papeles, en unos gabinetes, al lado de la puerta. Nada.

Registró la cocina y su pulso empezó a acelerar. El departamento de Quilla estaba en el tercer piso, así que salir por el balcón no era una opción viable. De repente la adrenalina llego inundando su cuerpo, estaba desesperado, necesitaba encontrar una solución en alguna parte. Tenía gente a la cual podía llamar y sabría a donde ir en Venecia pero era inútil si ni siquiera podía salir de…

-¿Buscabas esto?

Se dio la vuelta encontrando a Quilla de pie en la puerta de su dormitorio. Con la llave en su mano. Jakob encontró su mirada, ya había empezado a inventar una historia en su cabeza, pero luego sonrió con tristeza.

-¿Qué es? ¿Vicodin? ¿Coca? Sé que no es heroína, no tienes marcas, al menos no es algo que pueda ver.

Se dirigió hacia él, un poco tambaleante por el sueño y le entregó la llave.

-Puedes agarrarlas. Puedes irte, llegar a lo alto del canal, deprimirte y saltar. Si es lo que quieres. O puedes quedarte conmigo durante unos días, hablar o simplemente tener un poco de espacio, solo relajarte. Yo te ayudaré a sanarte, a mantenerte limpio. Ya lo he hecho para alguien antes. Sería fácil para nosotros limitarnos a despedirnos justo ahora, no nos conocemos casi, por lo tanto dejaré esa decisión a tu deriva. Volveré a la cama. Si estás aquí en la mañana, estaré encantada. Sino, bueno, al menos hiciste tu cama. Buenas noches, Jakob.

Se dio la vuelta y regresó a su habitación cerrando la puerta. Jakob, sintiendo el frío de la llave en su mano, se quedó mirándola con una sola idea en la cabeza.

Me voy a casar con esa chica.

-Vamos, más rápido.

-Dios, te odio.

Jakob le sonrió mientras jadeaba en busca de aire.

-Esta fue tu idea, recuerdas?- Quilla lo miro entrecerrando los ojos.

-Yo dije 'vamos a dar un paseo por la fresca tarde veneciana' no 'hey, vamos a hacer una carrera a través de la ciudad en medio de este calor infernal'.

Jakob rio mientras le extendía una botella de agua de su mochila.

-Deja de murmurar, tonto.- Quilla le sacó la lengua y luego inclinó su cabeza para beber el agua de un solo trago.

Ha pasado una semana desde que ella lo había sacado de aquel lago y Jakob casi no lo podía creer, todo lo que había cambiado en él. En esa semana Quilla se había convertido en su amiga, en su confidente, en su apoyo y sobre todo en su roca. Jakob Mallory había alcanzado la edad de cuarenta y siete sin haber establecido alguna clase de relación fuera de la que tenía con sus hermanos y algunos amigos. Tal vez porque su relación más cercana era con su socio Gregor, un ambicioso graduado de Harvard. Gregor había sido quién había compartido su pequeño secreto con Jakob, ese secreto que hacía que encontraran la energía para trabajar ochenta horas a la semana y seguir construyendo su camino a la lista de la elite de Seattle.

Aun así, Jakob pensó, todo eso va a cambiar ahora. Esa pequeña mujer Asiática-Americana delante de él había cambiado todo. Cuando ella se levantó esa mañana y había descubierto que el hombre seguía acostado en el sofá en una posición muy incómoda, una sonrisa muy adorable se extendió en su rostro, la misma sonrisa que hizo saber a Jakob que su decisión de haberse quedado era la correcta. Ese día, llamo al aeropuerto para enterarse de que su equipaje había sido sacado del avión en cuanto supieron que no se había registrado, en el camino a recogerlo, llamo a su hermano Grady en Paris y le dijo cuatro palabras. Conocí a una chica. Grady le respondió con una sonora risa, 'Esta bien, ve por ella. Ya era hora hermano'.

Quilla inflo sus mejillas.

-Dios… necesito una ducha.

Jakob sacudió su cabeza.

-No, todavía, astuta. Acabo de ver un carrito de helados justo por allá.- sonrió mientras ella miraba emocionada. La comida había sido uno de los puntos más significativos de la semana pasada. Ella le había enseñado a cocinar con ingredientes frescos y él la había llevado a uno de los restaurantes más elegantes y costosos de toda Venecia. Se sentaron en las mesas al aire libre toda una tarde, hablando solo de sus vidas. Durante el día no podían dejar el apartamento, ya que su fiebre y su estado de continencia por la cocaína se hacía bastante evidente, así que ella trataba de mantenerlo con la mente distraída y fresco, había un punto a favor de ella, en las noches, cuando se sacudía por la fiebre ella aprovechaba para abrazarlo y él se acurrucaba colocando sus brazos alrededor de ella. Esa había sido una mala noche, con el delirio que vino con agonía. Había sudado demasiado y se contrajo hasta quedarse dormido en los brazos de Quilla. Cuando despertó, la fiebre había pasado y estaban los dos enredados en el suelo, Quilla aun dormida. Gentilmente, se acostó a su lado y estudió su rostro, tan en paz cuando estaba dormida. Dios, él quería besarla, besar esa hermosa y rosada boca.

Jakob Mallory nunca había estado enamorado, y tampoco sabía si lo que estaba sintiendo era amor, pero, joder, se sentía muy bien. A pesar de la diferencia de edad, estaban conectados en muchos aspectos y niveles. Todo esto había pasado por su cabeza cuando Quilla se despertó a ella misma con un estornudo, le dio una mirada a él y la tensión se disolvió en cuanto ella empezó a dar pequeñas risitas que lo contagiaron a él también. Ella lo obligo a bañarse mientras ella hacia café.

El chico del helado sonrió mientras Quilla debatía sobre que sabor elegir.

-Pistacho.- dijo finalmente y Jakob asintió.

Con las manos ocupadas con los enormes helados se dirigieron de nuevo al apartamento de Quilla.

Casualmente, al desocupar las manos, Jakob dejo que su mano rozara la de ella, entonces la tomó, sin mirar hacia ella para ver su reacción. Ella no quitó su mano. Se arriesgó a mirarla por un segundo y vio una pequeña área rosada en sus mejillas.

Probablemente ha de ser por el cansancio de haber corrido, se dijo a sí mismo, pero ella se veía muy concentrada en su helado de repente. Caminaron lentamente hacia el departamento a través de las pequeñas calles, sobre los puentes, deteniéndose para observar a los pequeños barcos y góndolas que atravesaba el sistema de canales.

Jakob rozó con su pulgar el dorso de su mano, acariciándola, entonces sintió como ella se sacudía. El la miro y ella le sonrió, sus ojos encontrados, y un momento de entendimiento paso entre ellos. Mientras las calles se volvían calladas la noche cayo, Jakob vio una pequeña y poco iluminada calle a un lado de ellos. Miro a Quilla.

-¿Aventura?- dijo, su voz baja, seductora. Vio cómo su respiración se aceleraba, su sonrojo se profundizo y ella asintió. Empezaron a caminar de nuevo, en silencio, con el sonido de la ciudad a lo lejos. Una brisa ligera paso a través de la pequeña calle, aliviando sus cuerpos calientes, dando algo de alivio para el cálido atardecer. Caminaron lentamente, tomándose su tiempo antes de que Jakob no pudiera aguantarlo más y se detuvo, deslizando sus manos a la pequeña cintura de Quilla. Ella lo miró, sus ojos tímidos hasta que él se acercó para besarla, el sintió como se relajaba en el abrazo. Sus labios se movían contra los de él, lento al principio hasta que su mano subió para enredarse en el cabello de ella por su nuca, profundizando el beso, el escucho como se le escapaba un pequeño gemido de deseo. Su entrepierna estaba dura y se sentía apretada contra la tela de sus pantalones cortos mientras Quilla presionaba su cuerpo contra el de él, pudo sentir como temblaba. Tan pronto rompieron el beso, sin aire, él tomó su cara entre sus manos.

-Quilla… ¿estás segura de que quieres esto?

-Ella se apoyó en su cuerpo, asintiendo. —Estoy segura de que te quiero.

Él tomó su mano, y, de pronto, se encontraban corriendo al departamento. Tambaleándose al abrir la puerta, estaban besándose mientras arrancaban sus ropas.

-Espera, espera, espera.- dijo Quilla, poniendo sus manos contra su pecho —en serio necesito una ducha primero o…

Tan pronto dijo eso Jakob la tomó entre sus brazos mientras la llevaba al baño y ella reía.

Bajo la fría agua, exploraron sus cuerpos, besando, tocando, acariciando. Quilla movió su mano hasta llegar a su miembro, tocando su longitud caliente hasta su abdomen y Jakob, arrastrando sus labios a lo largo de su hombro, deslizó sus dedos a lo largo de la grieta resbaladiza de su sexo mientras masajeaba su clítoris, ella apretó su mano mientras dejaba escapar un gruñido, la tomó en sus brazos para sacarla de la ducha para luego ponerla en el piso del baño.

-Tengo que estar dentro de ti, hermosa.- entonces el acomodo sus piernas entres sus muslos. Ella lo guío hasta la entrada de su vagina y el entro hasta muy dentro de ella, ella gimió ante el rápido dolor de su rígido y enorme miembro golpeando lo más profundo de ella. Follaron muy fuerte, furiosamente, como si no les quedara tiempo, estaban tan desesperados por unirse que su ferocidad, su necesidad animal floreció desde dentro de ellos.

Quilla agarró sus nalgas, moviendo sus caderas haciendo que el encuentro fuera más profundo. Jakob se enfocó totalmente en ella, maravillado con la forma de sus senos, tan llenos y redondos, y su suave y curvado vientre que se ondulaba con sus movimientos mientras el la follaba.

-Jakob, Jakob…- su susurro salió urgente haciendo su cuerpo reaccionar a sus embestidas cada vez más fuertes, más profundas. Inexorablemente la llevó hacia un clímax demoledor y cuando llegó se maravilló de la forma en que sus labios se separaron, sus ojos cerrados y su cabeza hacia atrás. La besó en la garganta, sintiendo la vibración de su grito que se percibía través de su piel delicada.

-Quilla… Dios mio, Quilla.- Su cuerpo ya no era de él, le pertenecía a ella y terminó, disparando semen caliente dentro de ella. Ella contrajo sus muslos alrededor de sus caderas, acariciando su espalda de arriba abajo, en una deliciosa sensación que prolongaba su orgasmo.

Mientras recuperaban el aliento, Jakob la atrajo hacia él.

-Dios, Quilla, he estado esperando hacer eso desde que nos conocimos.

Ella se rio con timidez, colocando su mejilla contra su duro pecho

-Yo también... pero eso no es por lo que...

-Lo sé... Mírame.

Miró hacia arriba y él le sonrió.

-Eres la mejor persona que he conocido, Quilla Chen. Tú me salvaste, no sólo esa noche en el canal, sino de muchas maneras en los últimos días.

Sus ojos se llenaron de lágrimas.

-Eso es precioso...- ella se atragantó y luego el besó su frente, arrastrando sus labios sobre la suave mejilla hasta su boca.

-¿Jakob?

-¿Qué pasa, bebé?

Ella dio una pequeña risa.

-El azulejo de este baño es muy duro.

Se rio y se puso de pie. Pasó una mano tranquilamente por su costado, admirando como se sentía la forma de su pecho entre sus manos, su vientre suave, casi pero no totalmente plano, la curva de sus caderas.

-De verdad eres simplemente hermosa.- dijo sin hacer nada y ella lo besó de nuevo.

-Ven conmigo.

Ella tomó su mano y lo llevó a su dormitorio.

-Nuestro parque de juegos.- dijo con una sonrisa -apuesto a que estás contento porque no dormirás en el sofá a partir de esta noche.

Jakob le devolvió la sonrisa, y barrió las piernas de debajo de ella, se tumbó en la cama blanda.

-Oye, me gusta ese sofá. Tengo la intención de follarte en ese sofá.

-Oh, claro que quieres, ¿verdad?

-Oh sí. Entonces te voy a follar en la mesa de la cocina, en el piso de la sala…- Él estaba levantando sus piernas sobre sus hombros, abriendo paso con sus labios desde sus pechos hasta la suave carne de su ombligo, entonces el empezó a escuchar como su respiración volvía a desestabilizarse

-¿Te gusta eso, eh?

-¿Dónde más vas a cogerme, Jakob Mallory? Mierda…

Su boca estaba en su sexo, su lengua empezó a recorrer lo largo de los suaves pliegues de sus labios, alrededor de su clítoris. Se detuvo un segundo para responderle, y ella gimió.

-Eres una chica impaciente... bueno, señorita Chen, tiene ese maravilloso balcón. Voy a esperar hasta las primeras horas de la mañana, cuando la ciudad esté tranquila... -Él inclinó la cabeza para saborearla de nuevo y sintió que sus dedos se enredaban en su nuca -entonces voy a probar cada parte de ti, besar cada pulgada de ti hasta que no puedas más y me pidas que te folle muy duro, voy a tener que ahogar tus gritos con la mano en caso de que podamos despertar a los vecinos... pero... -se movía por su cuerpo de nuevo hasta besar su boca -vamos a despertar a los vecinos de todos modos y en silencio nos observaran, maravillados por tu belleza, tu forma en que te sonrojas y gimes mientras mi polla golpea tus caderas una y otra y otra vez.

Se sumergió en su sexo hinchado y listo para su pene, esforzándose para encontrar su centro. Jakob puso todo su peso en sus manos, a ambos lados de su cabeza y busco su mirada cuando la penetro. Quilla, sus extremidades extendidas debajo de él, lo miraba tratando de memorizar su rostro. Se aferró a él, sus piernas moviéndose juntas, sus senos presionándose con su pecho. Él sonrió, mientras sus cuerpos adquirían una fina capa de sudor por el esfuerzo, en una calurosa noche de Venecia. Jakob echó un vistazo al gran espejo que estaba justo frente a ellos, con sus rostros llenos de excitación. -Mira lo hermosa que eres- dijo y levantó la pierna para que pudiera ver su grueso y largo pene entrando y saliendo de su coño hinchado. Era un espectáculo fascinante y pronto, arañando y desgarrando el uno al otro terminaron, deteniéndose sólo para recuperar el aliento, antes de comenzar de nuevo, durante toda la noche hasta que el amanecer comenzó a clarear sobre la ciudad.

Quilla abrió un ojo. Se tumbó boca abajo en su cama, sintiendo un dolor grato en sus extremidades. Sus muslos estaban adoloridos de una manera que la hizo sonreír. Jakob no estaba a su lado en la cama pero podía oírlo silbar en la cocina. Quilla echó un vistazo al reloj. Era después de mediodía, pero no le importaba. Pues ayer por la noche, y esta mañana, habían sido la noche más erótica y la más emocionante de su vida. Sólo el agotamiento les había quitado tiempo y ella se había quedado dormida, envuelta en sus brazos musculosos. Ella cerró los ojos, recordando cada momento de la noche, la forma en que la había besado en el callejón a oscuras, ella sabía sin duda que si la hubiera tomado en ese momento, ella no lo habría rechazado. La idea de que podrían ser descubiertos habría sido solo más emocionante para ella.

Sintió unos fríos labios en su espalda, y ella sonrió mientras subían a lo largo de esta. La cama se hundió cuando Jakob se acostó y ella giro hacia él.

Él sonrió apreciativamente mientras con su mano recorría el vientre de ella, moviendo su cabeza para besar ambos senos y jugar con sus pezones con su lengua.

-Buenos días.- dijo ella perezosamente y sintió la risa de Jakob resonar a través de su gran pecho.

-Buenas tardes, hermosa. Joder, mírate… ni siquiera las súper modelos se ven así al despertar.

Quilla rodó los ojos.

-Dulce hablador. Tal vez te gusta la forma en que la almohada parece tener mi rostro impreso en una clase de obra abstracta.- dijo y le enseño la mejilla que tenía marcas de la almohada.

-Amo cada línea- dijo, besándola. —te compré desayuno.

Se colocó en una posición sentada y miró sobre la mesa de noche a un lado de la cama. Dos vasos largos de jugo de naranja y una bandeja de croissants y fruta fresca.

-Oh, Yumm, estoy reseca- él le extendió el vaso y ella bebió la mitad del contenido en un trago. —tan caliente.

-Siip- el movió las cejas y ella rio.

-Me refiero al clima. Gracias por esto, lo necesitaba.- vació su vaso y chasqueo los labios, él la estaba mirando con una expresión extraña.

-¿Pasó algo?

Él no respondió, pero en vez de eso la tomo por los tobillos e hizo que se acostara de nuevo. Ella emitió unas pequeñas risitas antes de que Jakob quitara las sabanas de encima de su cuerpo.

-¿Qué estás haciendo?

Juguetonamente, puso un dedo sobre sus labios, silenciándola. Entendió la señal y se limitó a mirar como agarraba un cubo de hielo del vaso aun lleno y lo colocó en su garganta. Con su pulgar y el dedo índice trazando delicadamente un patrón con el cubo alrededor de sus pezones, quitándolos antes de que sintiera dolor para luego tomar cada pezón y meterlo a su boca y calentarlo. Luego trazo dibujos en la línea central de su estómago, dando vueltas alrededor de su ombligo una y otra vez, sumergiéndose y dejando correr el agua helada, y luego bajando su cabeza para beber de ella. El cubo de hielo se derretía al contacto con su piel caliente, seguido de esto él ya estaba en su clítoris, las piernas de Quilla dejaron que una de sus manos se deslizara entre ellas. En todo este tiempo, Jakob nunca rompió el contacto visual con ella y Quilla, en silencio, se guardaba los gemidos de placer. Sintió el hielo contra ella llevándolo hasta su sexo hasta que finalmente se derritió por completo. Luego, gentilmente, su largo dedo se deslizo dentro de ella mientras su pulgar mantenía un pasivo ritmo en su clítoris. Quilla sintió su vagina contraerse alrededor de sus dedos, respondiéndole con un pequeño gemido que se escapó de sus labios. Jakob posiciono su mano libre en su boca, respondiéndole una pregunta con la mirada a Quilla. Ella sabía, sin duda alguna que si ella decía "detente" él lo haría inmediatamente. Al mismo tiempo ella se sentía tan vulnerable y al mismo tiempo a salvo bajo su cuidado.

Jakob incremento la presión en su clítoris y deslizo otro dedo, luego otro dentro de ella, presionando su punto G hasta que sintió que se tensaba, su vagina se contrajo alrededor de sus dedos de una forma tan satisfactoria que hasta el mismo Jakob no evito dejar salir un gemido, ella se estremeció, la suavidad seguía consumiendo el orgasmo que hacia curvar su cuerpo. Parecía seguir y seguir. De alguna parte, Quilla recordó aquel dicho francés La petite mort, la pequeña muerte, y así era como se estaba sintiendo, una chispa, era un momento en el que no le importaba si ella vivía o moría.

A medida que su respiración volvía a la normalidad, le sonrió a él.

-Tienes habilidades de loco.

El acaricio su mejilla con el dorso de su mano.

-Me encanta verte cuando terminas.- dijo simplemente — Es la cosa más emocionante en el mundo para mí.

Quilla sacudió su cabeza.

-Jakob Mallory… voy a despertar en un minuto para descubrir que estoy en un sueño.- ella amaba la forma en que el la miraba, le encantaba estar desnuda y totalmente vulnerable con este hombre.

-¿Quilla?

Encajó sus dedos con los de él.

-¿Si, encantador hombre?

-¿Volverías a Seattle conmigo? Digo, cuando tu beca termine. ¿Quisieras volver y vivir conmigo?

Sus cejas se agrandaron notablemente.

-¿Vivir?- estuvo en silencio por un momento y Jakob, con ojos un poco llorosos trató de sonreír.

-No te trato de asustar y si dices que no, si crees que es muy pronto, está bien.

Quilla se sentó otra vez y estudió su rostro.

-Jakob… yo en serio, en serio- exagero la palabra y sonrió —quiero este trabajo. Y si, pienso que es un poco pronto como para mudarnos juntos… venimos de mundos extremadamente diferentes, en serio, mira este lugar, es lujoso comparado con mi pieza en St Anne. Soy estudiante de doctorado; trabajé en el departamento de Artes de la universidad y solo me alcanzaba para la renta y comida. Estoy loca por ti, pero creo que deberíamos salir un poco más.

Jakob asintió mientras mostraba una mueca.

-Siempre voy rápido, es un defecto de carácter…

-No- lo interrumpió —no lo es, para nada. Es mejor hacer eso que guardarte las cosas para ti mismo. Lo he hecho en el pasado con…- suspiró, abrazando sus piernas en su pecho. —mi mamá era una adicta a la heroína. La ayudé a estar limpia la última vez, y yo estúpidamente pensé que podíamos lograrlo. No le di el cariño ni la atención que necesitaba. Y ella comenzó a usar drogas de nuevo pero esta vez me lo ocultó. La encontré sin vida, por sobredosis. Así que no, no te guardes las cosas, por favor. Es solo que aún no estoy lista.

Jakob presiono sus labios contra los de ella.

-Quilla Chen, eres más sabia que tus años.

-Abuelo.

-Auch- pero se rio -¿Lo pensarás?

Quilla se rio juguetonamente y deslizo una mano hasta la parte de atrás de su cuello, apoyando su frente contra la de él.

-Sip, y mejor, pensaré en ello mientras chupo tu gran y delicioso pene.

-Eres una sucia, sucia chica.

-Lo sé, lo sé…

Si no hubiese conocido a Jakob, pensó Quilla mientras le echaba un ojo a una Seattle empapada por la lluvia, estaría sentada en un caliente y apestoso bus en lugar de este aire acondicionado de este auto con su propio chofer. A su lado, Jakob estaba claramente disfrutando mientras le hacia una pequeña introducción a su vida llena de lujos. El insistió en cambiar su boleto de avión a uno de clase de negocio, al lado de él, por supuesto, y llegaron de vuelta a Washington descansados y sin ningún malestar por el cambio de horario como ella esperaba. Por supuesto, estar con él había hecho que irse de Venecia fuera más fácil, aun así, seguía sintiendo una punzada en su estómago. Ella había pasado los últimos tres meses allá, conoció a Jakob allá, se enamoró de… todo. Oh, al diablo con eso, se dijo a sí misma, me enamoré de él. No le importaba admitírselo a ella misma, incluso si se estaba absteniéndose de decírselo a él… al menos por ahora. Jakob alcanzo su mano.

-¿Quieres ir a casa? ¿Cambiarte y tomar un descanso? Movió la cabeza- creo que necesito ir a casa, Lavar algo de ropa, llamar a mis amigos. Solo por hoy.- dijo rápidamente, no queriendo que el pensara que ella no quería estar con él.

El asintió.

-Claro. Mira, puedes tomarte todo el tiempo que necesites, pero me gustaría llevarte a cenar, a conocer a mi familia. Por separado si gustas, así no te sentirás muy incómoda.

-Suena perfecto… me encantaría conocer a tu padre a la hora de la cena, suena respetuoso y apropiado. Después de eso podemos hacer algo más relajado con tus hermanos y amigos.

-Sería bien. Kit y Grady siguen de viaje, de todas maneras pero Joel sigue aquí. Skandar también.- añadió con una sonrisa y se encogió de hombros con buen humor.

-He cambiado de crush. Ahora prefiero a su tío.

-Claro que sí.

Más tarde, ya en casa, empezó a sentir que le faltaba su compañía, después de todo habían pasado día y noche juntos por casi tres meses, y después de llenar la lavadora con su ropa, tomó su teléfono de su cartera y marcó a su mejor amiga.

Marley Griffin la recibió al otro lado del teléfono con un gran hola que hizo reír a Quilla. Marley, una nerd en ciencias que estaba impresionando al mundo científico cada cierto tiempo con sus investigaciones, era una emigrante Canadiense con quien Quilla siempre debatía la comida de la cafetería. La mujer de cabello negro y piel pálida y cuerpo escultural había sido la confidente de Quilla desde entonces, pero comunicarse había sido un problema desde que se había ido a Venecia, ya que el tema siempre era te llamo en cuanto tenga dinero para hacerlo. Los correos electrónicos simplemente no eran lo mismo, Quilla se dio cuenta mientras escuchaba la felicidad de su amiga lo mucho que la extrañaba por la emoción que sintió al escucharla.

-He estado ahorrando- dijo Marley —así que te dejare descansar hoy por el viaje, pero mañana vamos a salir a un bar y beber o atrapar hombres. O podríamos hacer las dos cosas, si gustas.

Quilla rio ante las palabras de su amiga.

-Dios, te extrañe tanto. ¿Cuándo empezamos a beber?

Jakob pasó por la oficina antes de ir a casa de su padre. Su asistente Miles estaba ahí y los dos charlaron un momento.

-¿Estas de vuelta al trabajo?

-La verdad, no, por un par de días, Miles. Al menos que haya algo urgente.

-Nada que no pueda esperar- Miles era un hombre delgado de descendencia Iraní e Irlandesa, que con esfuerzo y gracia había llegado a tener un intelecto bastante agudo y que si llegabas a cuestionar algo que dijera él lo derrumbaría con su inteligencia y agudo intelecto. Jakob seguía pensando que era una perdida que fuese asistente, y que debía ser promovido, él ya le había ofrecido anteriormente entrenamiento para capacitaciones mayores pero su excusa era que él estaba feliz así mismo como estaba, por ahora.

-Podría cambiar de opinión sobre el trabajo, así que déjame esa oferta abierta.- dijo con una sonrisa aquel entonces. Jakob le había asegurado que las ofertas de parte de él siempre estarían abiertas para Miles. A Jakob le gustaba que Miles no le tuviese miedo, o que le besara el trasero si estuviese en desacuerdo con él. Gregor, el socio de Jakob, odiaba a Miles, lo cual era una razón para mantener a alguien cerca siempre. Miles no tenía tiempo para Gregor.

-¿Cómo está Gregor?

Miles hizo un pequeño gruñido en modo de respuesta.

-Debe estar propagando una de sus enfermedades sexuales, como siempre.

Jakob se rio divertido.

-Sin cambios, al parecer.

-Qué asco, ¿puedes imaginártelo?

-Escuche que las mujeres lo encuentran atractivo.- dijo con cierta gracia. Miles murmuro algo y Jakob estaba seguro de que había escuchado las palabras.

-Hellen Keller- trato de mirarlo de una forma desaprobadora pero fallo en el intento.

-Para alguien misógino como Gregor, probablemente disfruta bastante el sexo malo con todas las mujeres que pueda. Si, asumo que es malo- Miles agitó una mano con desdén. —Porque es él.

Jakob rio y justo en ese momento Gregor entró por la puerta.

-Miles, ¿puedes enviar esto por correo?- dijo arrojando un sobre al escritorio.

Sin por favor, sin gracias. Los ojos de Jakob se estrecharon, pero Miles, tan imperturbable como siempre ignoró el sobre.

-Estoy seguro de que Mandy lo enviará por usted en la mañana.

-Te lo estoy pidiendo a ti.

-Hola, Gregor.

Gregor se dio la vuelta y parpadeo, obviamente sorprendido al verlo.

-Oye, no sabía que habías vuelto. Siendo honesto, no me esperaba que volvieras… tu padre dijo algo sobre Venecia y una chica.

Una ceja de Miles se levantó y de repente parecía muy interesado en su conversación. Jakob trató de no sonreír.

-Algo así. De todos modos, ya estoy de vuelta.

Gregor mordisqueó su labio inferior y luego fijó su mirada en el sobre.

-Envía eso, Miles. Jakob, ¿podemos hablar en privado?

Jakob le guiñó un ojo a Miles, quien hizo un gesto obsceno a espaldas de Gregor, pero lo hizo con una sonrisa cursi en su rostro, Jakob tuvo que contener una risa.

Jakob, seguido de Gregor volvió a su despacho y se sentó. Sabía lo que venía.

-Así que Venecia. ¿Durante casi tres meses? Me pudiste haber avisado, Jake.

Gregor sabía que Jakob odiaba su nombre acortado. Lo miró, escudriñando los pensamientos de Jakob, tratando de descubrir por qué estaba tan relajado.

-Entonces, ¿Quién es ella?

-Mi novia.

Gregor sacudió la cabeza.

-Joder, hombre. Pensé que teníamos un acuerdo de silencio, no hay cosas a largo plazo, no hay nada que interfiera con el negocio.

Jakob dio una resonante risa hueca. —Nos recuerdo diciendo eso una vez, en la universidad, sin nada en nuestras cabezas. No creo que me vincule con el yo de ahora.

-¿Cómo crees que construimos este negocio, Jake? Trabajo. Dieciocho horas al día.

-Teníamos esa energía hace veinticinco años atrás. Joder, Gregor, ¿Cuánto más dinero necesitas? Este lugar y todas las personas en las que hemos invertido están en las primeras selecciones de cada esquema graduado del país, en el infierno, en el mundo. Ni siquiera es necesario que nos presentemos a trabajar más.

-¿Eso es todo? ¿Se te derrumbó todo por alguna vagina italiana?

Los ojos color verde oscuro de Jakob adquirieron un brillo peligroso.

-Cuidado con lo que dices, Greg. Además, es estadounidense, la verdad, de aquí, también.

-¿Cómo la conociste?

Jakob dudó por unos segundos, pero después decidió que la verdad era el mejor camino a seguir.

-Ella me arrastró fuera de una laguna de Venecia después de haber saltado, me estaba derrumbando, Greg, destrozando. Ella cuido de mí hasta estar completamente sano.

Greg se burló.

-Así que te salva la vida, te reconoce y dice carne fresca a la vista.

A continuación, un muy disgustado Jakob se traslada al otro lado de la habitación, saltando encima de la mesa y agarrando a Gregor por la garganta.

-Ni se te ocurra volver a hablar de ella así, Gregor ¿de acuerdo? O todo se termina aquí.- dijo, sus palabras eran filosas. Luego de unos segundos de haber examinado el rostro de Gregor, lo soltó con disgusto.

-¿Estas drogado en el trabajo?

Gregor se echó a reír.

-¿En serio? ¿Me estas juzgando? ¿Creíste que nadie se había dado cuenta, en el beneficio que nos dieron en Enero, cuan gastado estabas? No seas hipócrita, Jake. Sabes lo mucho que construimos usando esto como energético.

-Sí- dijo Jakob con tristeza —lo recuerdo, pero te puedo decir ahora que eso se acabó. Necesitas estar limpio o me largo con mi parte y así puedas hacer lo que te da la gana. -Se levantó y caminó hacia la puerta. —Lo digo en serio, Gregor, y además, hablaras sobre Quilla o con ella con respeto o sino no lo hagas.

Arrojó la puerta detrás de él. Se marchó en el auto dirigiéndose a la casa de su padre, aun con el sentimiento de irritación y cansancio… sobre todo molesto.

¿Por qué estaba todavía en el negocio con ese payaso? No era siquiera que le gustara como Gregor era, el sujeto era venenoso como el infierno. Joder. Hablaría con su papá, quien le había advertido sobre Gregor desde el principio, y la verdad, había funcionado por un tiempo, una manera de separarse de él sin poner en riesgo los puestos de trabajo de las personas que trabajaban allí. Comprar la parte de Gregor. Mallory Fisk no lo necesitaba más y Jakob no necesitaba a alguien como él, una presencia malévola en su vida.

Mientras tanto, él conducía hasta la gran casa, hizo que el rostro de Gregor se disipara de su mente para enfocarse en Quilla. Ya la extrañaba. Mañana, él iría a visitarla temprano, antes de ir al trabajo. El seguía sin creer que él era de ella… que había sido tan fuerte. Siempre había sido un adicto al trabajo, pero los últimos tres meses se dio cuenta de lo mucho que había perdido y olvidado de la vida.

Condujo en el auto hasta el camino que lleva a la entrada de la casa de su padre. A pesar de sus miles de millones, la casa de Randall Mallory no era una gran escultura de mal gusto, sino que era una casa de dos pisos tipo hacienda, grande, sí, pero no brutalmente grande.

Jakob no se molestó en llamar. Jakob odiaba que su padre nunca le pasara cerrojo a la puerta, pero esta vez no le importó. Encontró a su padre leyendo en su biblioteca con sus queridos perros durmiendo a sus pies.

-Hola, papá.

Randall Mallory levantó la vista y sonrió, poniendo su libro sobre el escritorio.

-A buena hora, Jakob, vamos, pasa. Haré que traigan café.

Los perros, dos labradores se levantaron para saludar a Jakob y jugueteó con ellos mientras su padre pedia las bebidas. Ran apartó a los perros con cariño y le dio un gran abrazo torpe a su hijo. Se echó hacia atrás y lo examinó.

-Te ves bien, Jakob. Saludable. Descansado.

Se sentaron, Jakob estaba aliviado de ver a su padre con buena cara, por lo que se dio un respiro y se relajó. Desde que su madre falleciera, Ran había ido por la vida con su estoicismo habitual, pero había afectado su porte alto y le había dado a su vida tristeza, una sensación casi palpable de desconcierto. Francis Mallory había sido el amor de su vida y sin ella, Ran no sabía cómo existir. Nunca había sido el patriarca arquetípico; él era amable, considerado y bastante brillante, pero ahora solitario y Jakob odiaba verlo deprimido.

El mayor de ambos le sonrió al menor.

-En serio te ves muy bien, Jakob. Ahora cuéntame de esta maravillosa mujer.

De vuelta en la oficina, Gregor Fisk había hecho muy poco trabajo desde que Jakob se había ido a Venecia. Él sabía que su tiempo en la empresa estaba en riesgo, Jakob tenía todas las de ganar, ya que la familia Mallory era la que había financiado a Gregor en un principio.

Lo odiaba, Gregor odiaba estar en deuda con una familia que, en su mayor parte, lo odiaba. Tenía un plan para cambiar eso. Y el plan tenía que ver con Jakob, que consideraban que no era apto para el servicio de la junta. Gregor había invertido tiempo, había arriesgado todo para procurar que la empresa produjera la más alta calidad. Cuando había persuadido a Jakob para usar su tónico especial para mejorar el rendimiento, la noche que enterraron a su madre, no había tenido la más mínima idea de lo rápido que Jakob podía convertirse en adicto. Había estado usando las drogas para defenderse del dolor de perder a su madre y para demostrarle a su padre que podía hacerse cargo de la empresa. Gregor había estado esperando desde entonces, ver como la vida de Jakob se esfumaba.

Y ahora, maldita sea, estaba limpio. Gregor pudo ver lo pálida y sana que estaba su piel, la esclerótica clara en sus ojos verdes. Todo ese trabajo desperdiciado. Su interés había despertado en cuanto Jakob le contó de su intento de suicidio. Eso habría sido extremadamente útil. Ninguno de los hermanos de Jakob estaba interesado en la propiedad, tampoco capacitados para manejar esa parte de la empresa. Hubiera sido un "honor" para Gregor tomar las riendas.

Ahora bien, esta mujer había estropeado sus planes… dos veces. Quilla. Gregor sonrió. No debía ser difícil averiguar quién era con ese nombre. Gregor agarró el teléfono para llamar a la persona que él sabía que podía encontrarla, dondequiera que estuviera en la ciudad.

Quilla se dejó caer en la cama, Marley la acompañaba.

-Dios, eso fue muy divertido.- habían estado fuera, en un bar local, había una banda tocando de fondo y Quilla le había contado todo a Marley. Casi. Había editado la parte en que conocieron, le dijo que se había caído por accidente. Normalmente le habría dicho todo a Marley pero se sentía desleal contándole sobre el dolor de Jakob.

-Sigo sin poder creerlo… Jakob Mallory. Maldición, chica.- Marley se apoyó en un codo y miró a su amiga. Quilla se veía… maravillada. Esa era la única palabra para ello. Sus ojos brillaron, su piel brillaba. —Estás viviendo una historia de amor cliché- Marley se quejó y Quilla se rio.

-Sí, lo estoy.- ella le dio una sonrisa cursi a Marley con aire de satisfecha. —tengo mi historia cursi de amor.

Marley resopló. —Entonces, ¿Qué harás ahora? Vivieron juntos por tres meses así que…

-El me pidió que viviese con él, le dije que necesitaba tiempo. Eso era lo que pensaba en ese momento.- admitió —pensé que estaba siendo madura y sensible. Pero, a la mierda, si pudimos pasar todo eso y…- se calló al ver la expresión dudosa de Marley. Suspiro. —Es solo que…

-Si llegas a decir "Es que ya lo extraño" voy a vomitar sobre ti.- gruño y pretendió estrangular a su amiga. Quilla rio y Marley cedió.

-Bueno- se sentó ajustando su camiseta —iré a agarrar un taxi. Tengo que conocer a ese hombre tuyo antes de que decidas irte a vivir con él y sean como "Oh, querida, debemos comprar vajillas"

Quilla la empujo con el pie hasta fuera de la cama.

-Ajá, eso nunca va a pasar.

-Bueno, eso no lo sabes aun. Cuando eres la señora de un millonario puedes pasar tus días puliéndote las uñas y dándole blow jobs que has aprendido de su sensei personal de sexo.

Quilla se estaba muriendo de la risa.

-Sí, porque eso es lo que ellos hacen. Dios, eres una lunática, mis costillas duelen.

Marley abrazo a su amiga.

-Estoy feliz por ti, para nada celosa. No, ni un poquito.- le sonrió con malicia luego de fingir un gruñido. —Voy saliendo, ya me voy.

-Hasta luego, amiga.

Quilla oyó como su amiga cerraba la puerta principal, pero ella seguía en su cama, recuperando el aliento y pensando en la noche, en su amiga y en Jakob, por supuesto, Jakob ocupaba más su cabeza que las otras cosas. Se dio la vuelta sobre su espalda, quitándose sus zapatos y desabrochando sus vaqueros. Tomó su teléfono. Once pm, había un mensaje sin leer

Estoy pensando en tus labios justo ahora… pensando en lo que te haré mañana… Jxx

Quilla sonrió. Dios, ¿Por qué le había dicho que quería tomarse un respiro hoy? Ella lo quería ahí y ahora. Sacudió la cabeza y fue a darse un baño en la pequeña bañera. Necesitaba afeitarse las piernas y arreglarse a si misma para mañana. Se llevó su teléfono con ella, por si acaso, poniendo su iPad en el lavamanos para escuchar música suave. Ella casi se había quedado dormida cuando su teléfono vibró.

Sonrió en cuanto vio el identificador.

-Hey, justo soñaba contigo.

Jakob dio una risa que salió casi gutural.

-Debe ser genial. ¿Cómo fue tu tarde?

-Divertida, pero me faltaba algo- había algo juguetón en su voz.

-¿Y que sería?

Los dos rieron. —Escuche que algo salpico, estás en la tina… ¿desnuda?

-Nop, con mucha ropa.

-Que graciosa.

-¿Sigues en casa de tu papá?- dijo con tono gracioso.

-No, voy camino a la ciudad. Quiere conocerte.

Quilla sintio una ola de nerviosismo y como ella no respondía, Jakob la tranquilizó.

-Estarás bien, él es un gatito.

-Tomare tu palabra.

-De cualquier modo esta tina…

Ella rio. —Bueno, es pequeña pero podrían caber perfectamente dos personas si estuvieran muy cerca.

Jakob gruño.

-Mierda, estoy en camino.

-Dejare la puerta abierta para ti.

Jakob abrió la puerta del edificio del apartamento y rápidamente ascendió los dos tramos de escaleras que había antes de llegar al apartamento de Quilla. 3E.

Empujo la puerta y entro. Camino por el pasillo hasta

estar en la sala. Solo una lámpara estaba encendida y Quilla estaba desnuda y mojada de la bañera en una silla, esperándolo. Su postura estaba erguida y tenía una pequeña sonrisa en los labios.

-Hola, bebé- dijo en voz baja. Y luego lenta y deliberadamente abrió las piernas para que pudiera ver su húmedo, resbaladizo e hinchado coño, listo para él. Jakob dejó escapar un largo suspiro de añoranza y se acercó a ella. Cuando llegó a su lado, inclinó la cabeza para besarla, y sintió sus manos en su entrepierna, desabrochándolo. Ella le sonrió.

-Quédate quieto, guapo.

Ella tomó su pene ya rígido de sus pantalones y deslizo sus labios sobre el amplio glande, jugando con la punta ultrasensible con la lengua. Su mano acaricio de arriba abajo la enorme longitud de su eje mientras que con la otra mano masajeaba sus bolas suavemente.

-Mierda… Quilla- Jakob cerro los ojos y dejo que las sensaciones que le producía esta mujer lo inundaran.

Dios, esta mujer

En ese momento él ya estaba al borde, hizo un movimiento para alejarse pero sus manos estaban clavadas en sus nalgas manteniéndolo ahí hasta que con un gemido terminó, disparando en su cálida y mojada boca.

Tan pronto como él pudo volver en sí, se agachó y la tomó en sus brazos.

-es una maravillosa manera de recibirme.

El apretó sus labios sobre los de ella, envolvió sus brazos alrededor de su pequeño cuerpo.

-Te he extrañado mucho hoy, Quilla Chen…
-Yo también, amor.- susurró —Ven, vamos reencontrémonos.

El lunes siguiente, Gregor salió de la recepción cuando se dirigía a una reunión. Estaba molesto. Jakob estaba de vuelta, estaba seriamente restringiendo su actual método de negocios. Además su detective privado había sido capaz de encontrar que su novia era estudiante de doctorado. Gregor había estado obsesionado con esa mujer en todo el fin de semana, seguro de que esa era la razón por la que todo estaba cambiando.

Ahora, en su camino a la reunión, echo un vistazo a los muebles de la recepción, y se detuvo. Una hermosa mujer estaba sentada ahí, esperando, su largo y oscuro cabello estaba recogido en una cola desordenada que comenzaba en su nuca, sus delgadas piernas en jeans apretados y zapatillas. Gregor sintió entrepierna ajustarse. Mirando sobre Maxine, la recepcionista, quien lo ignoró, se acercó a la joven mujer.

-Hola.

Miro hacia arriba y sonrió. Dios, que hermosa.

-Hola.

-¿Puedo ayudarte con algo?

Ella sacudió su cabeza. El adivino que debía ser parte asiática, sus ojos tenían una hermosa forma y sus facciones eran delicadas.

-Está bien. Solo estoy esperando a Jakob.

Gregor retrocedio.

-Jakob… ¿Mallory?

Ella rio -¿Acaso hay otro?

No podía ser ella, era demasiado joven para Jakob… ¿no era asi?

Gregor extendió su mano. —Gregor Fisk, socio de Jakob.

La joven, quien estaba haciendo unos bocetos, guardo su libreta y se levantó, tomando su mano.

-Quilla Chen, soy la… amiga de Jakob- Gregor no pudo más que sonreír en respuesta a eso.

-Jake y yo no nos guardamos secretos, Quilla. Sé que te lo estas follando.

Quilla se echó un poco hacia atrás y su sonrisa se disipo.

-Es Jakob- dijo finalmente —y eso no es de tu incumbencia.- dijo mientras quitaba su mano del fuerte saludo.

-¿Todo está bien aquí?

Gregor miro alrededor para encontrarse a Jakob caminando hacia ellos.

-Todo bien, deleitado de conocer a tu hermosa amiga.

Notó cuando Jakob se puso al lado de Quilla para poner un brazo en forma de protección alrededor de ella.

-Hola, bebé.

-Hola- dijo Quilla, sus ojos se achicaron para enfocar a Gregor. — ¿podemos irnos?

Gregor los vio irse, divertido. Quilla Chen no iba a ser un problema, decidió. Su ropa, a pesar de que los lucia espectacular, eran baratos, cuando pones junto eso, con una beca, artista… diablos, esto iba a ser fácil. Le pagaría para que desapareciera, él sabía qué tipo de chica era. Utilizando su belleza fuera de serie para enganchar a un hombre rico. Y por cómo se veía, Jakob estaba

profundamente enamorado. Su partida seriá devastadora.
¿Y si no lo hace?
Gregor vio como la pareja se metía en el auto de Jakob.
Quilla Chen había construido poco. Si no se iba
voluntariamente… había otras maneras.
Maneras que podrían romper tu pequeño corazón,
pequeño Jakey. Jakob se sonrió a sí mismo y fue a su
reunión.

Quilla tomó una gran bocanada, temblorosa. En cualquier
momento conocería al padre de Jakob y podía sentir sus
manos sudando, se las frotó contra los vaqueros.
¿Pantalones? ¿Qué había estado pensando? Jakob le había
dicho que la cena seria casual pero ahora que lo pensaba
bien, tal vez ella lo había tomado muy literal.
-Deja el pánico- Jakob la estaba observando con una
amplia sonrisa. Estaba disfrutando eso.
-Idiota- mordió su labio inferior.
Jakob rio —Puedes castigarme después, mujer. Ya estamos
aquí.
Randall Mallory estaba esperándolos, tan pronto se
bajaron del auto, él se acercó a ellos, sonriendo al ver a
Quilla.
-Quilla, he escuchado mucho de ti- era una o dos
pulgadas más bajo que su hijo, su cabello rubio oscuro
estaba peinado hacia atrás. Cada poro gritaba elegancia.
Su guapo rostro mostraba parte de sus años, tarde a los
sesenta y su sonrisa era acogedora. Su voz era cálida y

profunda, el sacudió su mano luego de haberle dado unas palmadas en la espalda de su hijo.

-Estamos en la barbacoa, vengan.

¿Estamos?

Quilla le dio una mirada llena de pánico a Jakob, quien parecía estar mirando a todos lados excepto a ella. Astuto hijo de… sonriéndose a si misma, se las arregló para dar una pequeña patada a su pantorrilla, escuchó como se quejaba por lo bajo. Ran los acompaño alrededor de la casa hasta el enorme y hermoso jardín. Allá, vio a un grupo de personas sentadas, riéndose entre ellos. Un rubio muy familiar estaba jugando con los perros. Skandar Mallory. Los nervios de Quilla volvieron pero se preguntó si podía llamar a Marley, se moriría de envidia. El pensamiento la hizo sonreír y seguía sonriendo cuando llegaron hasta donde estaba el grupo. Joel, el hermano de Jakob, un hombre alto y delgado, con su largo cabello rubio recogido hacia atrás le estrecho la mano, se sorprendió de lo tímido que parecía. Completamente diferente a su hijo: Skandar Mallory era todo lo que ella se esperaba, seguro, arrogante y bastante divertido. Ran le presentó a una hermosa mujer con cabello color caramelo y ojos marrón oscuro. Ella sacudió la mano de Quilla.

-Asia Flynn. Técnicamente no soy más una Mallory pero ellos tienen problemas dejándome ir- me susurró en el oído, dándole unas miradas a Ran, quien rodó los ojos. Quilla sonrio; le había caído bastante bien aquella mujer, inmediatamente.

Mientras más iba conociendo los otros miembros de la familia, primos y amigos, ella se preguntaba qué tan parecidos eran ellos al estereotipo de una Familia rica.

¿Era posible ser tan parecidos en su temperamento y tan diferentes a la vez? Los Mallory lo eran.

Descubrió que Joel estaba buscando una nueva carrera.

-He llegado tan lejos como pueda entrenándolo.- dijo a Quilla, señalando a su hijo, que ahora estaba luchando con los perros y su tío. Quilla vio que Jakob estaba perdiendo y le sonrió. Jakob le articuló un ayúdame, pero ella negó con la cabeza, sonriendo triunfalmente.

Ja, ja, ya me las he cobrado.

Skandar alzó los brazos en señal de victoria en cuanto Jakob se rindió.

-¿No es el número uno, en el mundo?- le preguntó a Joel, quien se encogió de hombros y sonrió con timidez.

-Sí, pero no tengo la experiencia que se necesita para ayudarlo desde ahora. Él está disfrutando el momento, pero se que se va a aponer mas duro. Los jugadores de tenis tienen una vida útil corta pasados los veinticinco.

Quilla se quejó. —Demasiado deprimente.

Joel sonrió chocando su botella de cerveza con la de ella.

-Amén, hermana.

Aprendió que Asia, era la ex mujer de Kit. Muy reciente exmujer. Una abogada que se había casado con Kit Mallory en un capricho, en Monte Carlo, hace cinco años antes.

-Fueron bastante buenos esos cuatro años y medios.- le dijo Asia a Quilla con una sonrisa irónica en cuanto el sol se puso. —Simplemente no pude llegar hasta el final, pude haber dejado a Kit, pero no podía soportar la idea de dejar a esta familia- palmeo la mano de Quilla —Me alegro

de que estés con Jakob, la verdad, ya estábamos
preocupados.

Randall Mallory se había ausentado una hora más tarde.
Sintiendose valiente, Quilla se levantó para buscarlo y lo
encontró en su biblioteca. Se puso de pie en cuanto la
vio, luego la invitó a sentarse y luego le sirvió un poco de
vino.
-Lo que sea que hiciste por mi hijo, quiero darte las
gracias.
Quilla enrojeció.
-Yo no hice nada, en serio.
-Eres muy modesta- la voz de Ran era relajante, tan
meliflua que era casi imposible no sentirse tenso en su
presencia —Conozco a mi hijo. Antes de conocerte, antes
de ir a Italia… estaba roto. El estaba derrumbándose y yo
no sabía que hacer. ¿Qué pasó en Venecia, Quilla?
Quilla se sintió incomoda en su asiento.
-Señor Mallory…
-Ran
-Ran… yo lo respeto mucho pero no me corresponde
decirle lo que pasó. Por favor. No quiero ofenderlo.
-Quilla, querida, haz probado su fe en ti. Lo siento, pero
en mi posición, en su posición, tenía que estar
absolutamente seguro. Jakob me contó lo que pasó.
Quilla no supo cómo responder a este cuestionario.
Mordió su labio.
-Ran, quiero que sepas, yo nunca hice nada… para mi
propio bien. Era todo por él.

Ran sonrió. –Quilla, créeme cuando te digo que nunca pensé algo diferente. Solo uno puede estar en tu presencia para conocer tu genuina empatía. Tu amor.
Él se levantó, y nerviosamente ella lo siguió. El colocó su mano en su hombro y se impresionó al encontrar lágrimas en los ojos de él.
-Salvaste a mi hijo- dijo mientras su voz se quebraba – Gracias.
Quilla quería llorar al escuchar la emoción en su voz.
-Creo, que si hice algo por mí, después de todo, porque no podría imaginar mi vida sin él.
Ran la abrazó fuerte. –Desde ahora en adelante, Quilla Chen, pase lo que pase, eres parte de esta familia. Nunca voy a olvidar lo que has hecho por mi muchacho.

Quilla seguía sintiendo el calor del abrazo cuando Jakob la llevaba a su apartamento. Ella entró, se sintió como lo que podía ser descrito como una página de un catálogo. Sin colores, negro, blanco y gris con un degradado perfecto.
Ella asintió aprobando cada estantería y por supuesto, su arte. Se quedó mirando una pieza y luego se volteó a verlo boquiabierta.
-Es un Hopper. Un. Hopper. Por favor, dime que es una replica… no, no lo hagas. No lo quiero saber.
Jakob la miró divertido.
-Ven aquí- el abrió sus brazos y ella se acercó recibiéndolos, subiendo su frente por un beso.
-Mi familia está loca por ti.- murmuró mientras besaba el espacio que había entre su barbilla y pecho.

-El sentimiento es mutuo- ella subió sus brazos hasta su cuello y presiono su cuerpo contra el de él —los adoré. Así es genial, también. Kid tiene que ser un tonto.

Jakob rio suavemente.

-No seas tan dura con él; el divorcio le está pegando bastante fuerte. Sip, es un idiota pero sigue amándola.

Tomó su mano y la guio hasta su habitación, Quilla asentía aprobando su cama enorme.

-Bueno, mira… nuestro parque de juegos. Jakob empezó a dar carcajadas mientras deslizaba sus manos debajo de la tela de su top y los bajó hasta sus hombros, deteniéndose a besar cada uno.

-¿Quilla?

Ella gimió en cuento el liberó uno de sus senos de su sujetador y metió uno de sus pezones en su boca, chupando y jugando hasta que estuvieron bastante sensibles y ella casi no podía hablar.

-¿Si, bebé?

-Estoy enamorado de ti

Una sonrisa se extendió en el rostro de ella.

-Y yo estoy enamorada de ti, Jakob Mallory.

Jakob rio. —Gracias a Dios.

Quilla se despegó para darse la libertad de reírse con más fuerza, el aprovechó para lanzarse a la cama y empezar a quitar los pantalones y ropa interior de ella, enterrando su cara en su sexo por unos segundos antes de cubrir su cuerpo con el de él. Ella liberó su entrepierna, ya rígida de sus pantalones y empezó a masajearla mientras se besaban.

-Te voy a follar toda la noche, Quilla Chen.- dijo mientras entraba en ella, Quilla suspiró feliz, sabiendo que iban a haber noches sin fin como esta, con este maravilloso y sexy hombre.

Ella no sabía que tan pronto el cuento de hadas iba a acabar…

Jakob la dejó en su apartamento antes de ir al trabajo.
-¿Quieres que te vaya a buscar cuando salgas de la universidad?
-Me encantaría, gracias.- ella lo besó antes de separarse y entrar por la puerta de invitados de su edificio.
-¡Oye!- dijo el y ella salió —Llama a la agencia de mudanzas- el sonrió y ella se echo a reír.
-No te preocupes, lo haré.
Ella volvió a su apartamento, seguía sonriendo. Ayer había sido un día muy inolvidable, conoció a su familia, finalmente se habían declarado y, después del maratón de sexo, Jakob le había pedido que se mudara con él. Está vez ella no puso ningún pero.
De vuelta en su apartamento, arrojó su cartera y miró alrededor. Ellos habían bromeado acerca de los ayudantes de mudanzas, pero hablando en serio, no tenían mucho que llevar. Libros, artículos de arte, su ropa, records. Todo lo demás había venido con el apartamento. Quilla notó hasta ahora que tan compacta había sido su vida hasta ahora. ¿Cómo sería ahora? Todavía sentía esa vaga inquietud de abismo entre su vida, pero ella lo amaba. Ella no quería su dinero, ella lo deseaba.

¡Al diablo con lo que pensaran los demás!

Se escuchó un toc toc en la puerta. Sonrió.

¿Jakob habrá vuelto por otro beso?

Seguía sonriendo cuando abrió la puerta pero su sonrisa desapareció en un abrir y cerrar de ojos.

Gregor Fisk estaba parado en su puerta, su rostro duro.

-Hola, Quilla. Creo que necesitamos hablar.- y antes de que ella pudiera reaccionar, forzó su entrada hasta adentro.

 Jakob llego a la oficina y saludo a Miles con una sonrisa brillante. Su asistente se sintió divertido.

-Lo tomaré como que la reunión familiar salió bien.

-Muy bien, y encima… aceptó a mudarse conmigo.

Miles nunca deja pasar un momento para llamar la atención con él, se paró y empezó a hacer un baile de victoria. Jakob sacudió su cabeza, riéndose.

-Miles, nunca cambies.

En su oficina, se sentó para reflexionar. Su vida era totalmente diferente comparado con hace seis meses. Y aun no habían terminado los cambios. Cuando Quilla estuvo de acuerdo en mudarse con él, soñó despierto, con ella durmiendo en sus brazos. Y había una cosa que necesitaba cambiar, su trabajo. Estaba tan cansado de la propiedad. Incluyendo que había hecho billones, pero eso ya no satisfacía su alma. Entonces estaba Gregor. Jakob sacudió su cabeza. La mejor cosa que podía hacer era que prescindiera de sus servicios; comprarle su parte o viceversa. No necesitaba la furtividad de Greg, su duplicidad en su vida. Claramente a Quilla no le agradó aquella vez que se conocieron, incluso cuando se rehusó a decirle por qué razón no le agradaba. Ella lo estaba protegiendo, Jakob, él lo sabía pero aun así. Gregor se tenía que ir.

Jakob levantó el teléfono y le preguntó al gerente de Recursos Humanos de la compañía que lo viera tan pronto como fuera posible.

Gregor se sentó sin esperar una invitación, miraba alrededor del apartamento con una cara de burla. Quilla sintió como su rostro se enrojecía de furia.

-¿Qué quieres?

Gregor sonrió.

-Haré esto simple. Te daré un cuarto de billón de dólares para que dejes la ciudad y no vuelvas más.

Quilla lo miró con los ojos abiertos. -¿Qué mierda?

-Vamos, no actúes inocente, Quilla. En serio no tengo tiempo. Has jugado el juego perfectamente, Jakob está loco por ti. Pero necesito su cabeza en el juego, así que habla, y eso significa que tú- apuntó a ella como si no supiera a quien se refería —tienes que irte.

Quilla se levantó y fue a abrir su puerta principal.

-¡Vete! ¡Ahora!

Él no se movió.

-Vamos, Quilla. Escucha, doscientos cincuenta millones de dólares, solo mirando aquí, veo que ese dinero te ayudaría bastante con todos los cambios.

Todo ese dinero puede cambiar la vida de cualquiera- replicó —Vete

Gregor se levantó, sacudió su cabeza, sonriendo. –No seas ingenua, Quilla. Aquí va tu oportunidad para que esto no se torne desagradable. Última oportunidad. Toma el dinero. Va a ser un gran paso para la hija de una adicta a la heroína y un padre muerto.

Los ojos de Quilla se llenaron de lágrimas de enojo, disgusto y humillación.

-Anda a joder, Gregor, no conoces nada de mi, y de todas maneras, viniendo de un drogadicto, no tienes moral para hablar. No me importa una mierda el dinero, solo me importa Jakob. Y apreciaría si no me siguieses más o siguieses haciendo lo que haces. Vete

Gregor se paró haciendo que se iba, pero en un abrir y cerrar de ojos él estaba presionando el cuerpo de Quilla contra la pared, su mano escurriéndose entre sus piernas.

-Y ahora tus piernas se abren para el billonario más cercano.

Alejando su mano lejos de ella, le dio un golpe en la cara, fuerte, con la rabia floreciendo en sus poros, él la agarró y la tiró al suelo.

-Maldita perra

La pateó, fuerte, en el estómago y ella se encogió en una bola. Gregor se levantó, tratando de calmarse.

-Toma el acuerdo, Quilla… y, yo no me molestaría en decirle a Jakob sobre esto… o se pondrá peor que esto, pequeña.

La dejó ahí, tirada hecha una bola en el piso, sin creer lo que había pasado. Después de un momento se tambaleó hasta la puerta y la cerró de golpe, cerrando el cerrojo antes de deslizarse hasta el suelo. Nunca antes en su vida había estado tan aterrada, tenían terror mezclado con ira e incredulidad.

Jódete, Gregor, no me quedaré amenazada

Se levantó tambaleándose sobre sus pies y tropezó justo antes de agarrar su teléfono.

Cuando oyó la voz de Jakob no pudo contener las lágrimas.

Gregor condujo de vuelta hasta la oficina.

Mierda, eso no debió llegar tan lejos… no todavía.

Suspiró. Tal vez la había asustado lo suficiente como para dejar la ciudad de todas maneras. Ahora, tenía que admitir, Jakob sabia como elegir a las chicas, Quilla Chen era hermosa, pero el sabia reconocer a una mujer interesada cuando veía una.

Perdido en sus pensamientos, no había notado la mirada de todos puesta sobre el en cuanto se abría camino hacia la oficina. Cuando llego, se detuvo. Jakob, Randall y el jefe de Recursos Humanos estaban ahí. Lo estaban esperando.

-¿Qué está pasando?

Ran puso una mano sobre el hombro de Jakob, quien estaba que estallaba de ira, dio un paso hacia adelante.

Ran hablaba, sus ojos habían adquirido bastante fuerza y le tendió una hoja de papel.

-Gregor, este es su aviso de terminación. Va a salir de aquí, luego de esta charla y no volverá más. Tu nombre será eliminado de la empresa y no recibirás ninguna reparación económica. Y nosotros no nos pondremos en contacto con la policía y le diremos acerca de tu asalto e intento de extorsión a Quilla Chen. ¿Ha quedado claro? Gregor sonrió.

-No pueden hacer eso, tengo un contrato y la mitad de esta empresa es mía.

La sonrisa de Ran era helada. —En realidad, podemos- miro a Paul quien asintió.

-Debido a que se te prestó dinero para pagar tu parte del negocio, y que todavía estás en deuda con los Mallory por ese préstamo, podemos hacerlo. También hay una cláusula de conducta en tu contrato y hemos considerado que ha sido incumplida.

-En pocas palabras, vete ahora o estarás arruinado- la voz de Jakob sonaba rasposa y llena de ira. Gregor miró a su socio.

-¿Por una vagina asiática?

Se necesitó a Ran y a Paul para mantener a Jakob atrás.

Ran achicó los ojos viendo a Gregor.

-Vete, y nunca vuelvas.

Gregor, asumiendo que hablaban en serio, sacudió su cabeza.

-Esto no ha terminado.

Randall Mallory dejó ir el brazo de su hijo.

-Oh, lo es, Gregor. Lo es.

-¿Lo despediste? ¿Así como así?

Estaban sentados en un bar lleno de gente en la ciudad, en una mesa llena de botellas vacías. Joel and Marley, los compañeros de bebida de la tarde estaban en el bar, llevándose muy bien. Quilla estaba metida en el hueco del brazo de Jakob, sus labios rozando su frente.

-Si- dijo, apartándose para mirarla –Que se vaya, debí haber hecho eso hace años.

-¿Qué va a hacer ahora?

-La verdad, me importa una mierda lo que haga. Además, Gregor tiene suficiente dinero como para no tener que trabajar nunca más.

Quilla sacudió la cabeza.

-Aun no entiendo por qué me quería fuera de su camino.

-Dios, ¿Quién sabe lo que estará pasando por la cabeza de ese drogadicto? Las drogas lo han jodido. Siempre ha sido una herramienta, pero nada como esto. Y tal vez yo me hubiese convertido en eso si no fuese por ti, hermosa, así que gracias, otra vez.

Ella le devolvió el beso, sus labios curvándose en una sonrisa.

-Nunca te hubieses convertido en eso.

Jakob la miró apreciándola. Llevaba un vestido blanco flotante que la hacía ver etérea, su cabello recogido en una cola desordenada. Su vestido caía hasta la mitad de su pierna, sus piernas doradas lo tentaban. El movió una de sus manos hasta la parte interior de su muslo y ella sonrió de placer.

-Ese vestido me está volviendo loco- murmuro en su oído y ella rio, suspirando de placer cuando sus dedos hicieron contacto con sus bragas. –Quiero follarte. Y mucho.- dijo mordiendo el lóbulo de su oreja.

-Más tarde, cocodrilo… nuestros amigos ya están regresando.

El bar seguia todavía lleno a media noche. Quilla se excusó para usar el baño de mujeres mientras Jakob estaba siendo interrogado por Marley. Todos estaban un poco borrachos a esa hora y Jakob, Joel y Marley reían mientras Quilla se hacía camino a los baños. Jakob escuchaba a Joel y Marley hablar entre ellos. Le había caído bastante bien la amiga de Quilla, y también a su hermano, por lo que parecía, Jakob no sabía decir si era solo coqueteo, o tal vez podrían ser futuros amantes... aunque también podían quedarse en mejores amigos. Lo cierto era que había química. Él había bebido demasiado Champagne, decidió levantarse para buscar a Quilla con la visión borrosa.

Entonces su corazón empezó a latir fuerte, y empezó a alterarse. Gregor. Gregor estaba en el bar. El otro hombre lo vio y lo saludó sarcásticamente. Mierda. Jakob siguió viéndolo, luego siguió su mirada... Quilla.

Dios... Jakob se paró de repente, los otros dos, sorprendidos también siguieron su mirada, Joel, conocía el rostro de Gregor, así que después de eso saltaron los tres a la multitud. Con ojos de terror puro, vio llegar a Gregor en donde estaba Quilla primero. La vio también, su mirada al ver a Gregor fue de alarma, luego Jakob perdió señal de ellos entre la multitud.

Entonces alguien gritó.

-¡Tiene un cuchillo!

No, no, oh Dios, no...

-Salgan de mi camino- gritó Jakob con desesperación y su vista se aclareció. Alcanzó a Quilla, pero al mismo tiempo Gregor desapareció. Por un segundo, Jakob pareció aliviado, pero entonces Quilla se volvió para mirarlo. Su adorable rostro estaba pálido, sus ojos confundidos, su vestido blanco tornándose rojo.

Sangre. Su sangre…

Tan pronto Quilla colapsó, el corrió para atraparla…

Tocame

Joel Mallory recargó su cabeza en la fría pared de la sala de espera del hospital. Al lado de él, Marley Griffin estaba sentada, balanceando sus piernas arriba y abajo. Eran las tres de la mañana y habían estado esperando durante un par de horas mientras los doctores revisaban a su amiga, Quilla Chen.

Joel empezó a pensar en las pasadas horas. Las risas, la diversión de salir con su hermano, Quilla y su amiga en su bar favorito, luego el pronunciado horror cuando en un instante el mundo había cambiado para la novia de su hermano mayor, Jakob, quien había sido apuñalada por un vengativo excompañero de Jakob.

La locura, el pánico al buscar ayuda, las luces y Quilla desmayándose en los brazos de un aterrorizado Jakob… Dios Joel se sintió enfermo.

El buscó con la mirada a Marley. Solo se conocían desde esa noche pero ya se habían vuelto buenos amigos, ahora la joven mujer se veía demacrada y asustada. Él tomó su mano y ella esbozó una media sonrisa para él.

-No te preocupes, cariño. Le van a dar el mejor cuidado. Lo prometo.

Marley sonrió agradecida.

-Me volveré loca esperando. Iré a buscar algo de café.

Solo, Joel suspiró. Había llamado a su papá, quien estaba en camino. Skandar había querido venir también pero Joel, pensando en la prensa siguiendo a su hijo constantemente a todos lados, le dijo que no.

-Es la última cosa que necesitamos, hijo- le dijo –Quilla sabe que le importas.

La puerta de la sala de espera se abrió y una joven con el rubio cabello desordenado hasta los hombros entró. Le asintió a Joel y tomó asiento cerca de él. Se veía exhausta. En sus manos no había cartera, solo un juego de llaves para autos. Joel notó que estaba usando una camisa de pijamas debajo de sus pantalones, obviamente había venido en una emergencia.

-Oye- llamó su atención -¿Estás bien?

La mujer lo miró, sus ojos rojos de tanto llorar, trató de sonreír.

-Sí, gracias- se apresuró en contestar –hermana adolescente que pensó que sería buena idea salir y beber, luego meterse en un auto con un chico que también estaba ebrio.

-Diablos… ¿está bien?

La mujer suspiró. –Sí, ya casi le van a dar el alta, me asusté demasiado- Ella lo estudió con la mirada -¿Qué hay de ti?

Joel se movió en su asiento.

-Apuñalaron a una amiga. No sabemos cómo está, todavía.

-Dios, lo siento mucho.

Joel asintió y luego se levantó para extenderle la mano a la mujer.

-Joel Mallory.

Ella sonrió.

-Nan Applebee. Es horrible lo que le pasó a tu amiga… ¿qué pasó?

Joel se sentó a su lado, moviendo su cabeza.

-Diablos, si tan solo supiera… es la novia de mi hermano y el sujeto que la apuñaló estaba tratando de vengarse de mi hermano por haberlo despedido. Maldito cobarde. Ella es pequeña, también, deberías verla.

Estaba asimilando la enormidad de lo que había pasado ahora, después de horas de no creerlo. Él apretó sus puños para detener el temblor de sus manos.

-Lo siento- dijo cuándo se dio cuenta de que ella lo miraba —es la crueldad, ¿sabes? Nunca había visto algo así antes.

Tentativamente, Nan puso su mano en su espalda y la acarició para confortarlo. Joel infló sus mejillas y levantó la vista para encontrarse con Marley y a Jakob entrando a la sala, Joel se levantó y abrazó a su hermano y luego los introdujo a Nan Applebee.

-Quilla va a estar bien- dijo Jakob, su voz rasposa del estrés —Una herida de puñal, limpia, no muy profunda pero lo suficiente. Dolorosa. No dañó ningún órgano grande. Estará aquí por un par de días y entonces la dejaran salir para que se recupere en casa.

Marley se levantó y se puso a su lado, sombras púrpuras oscuras debajo de sus ojos. Jakob la miró y puso un brazo alrededor de sus hombros.

-Oye, Marl, ¿quieres venir a quedarte en mi casa por un par de días?

Marley, pálida y apenada, se separó de él, su cuerpo entero rígido con tensión.

-No, gracias. Debería estar en casa.

Joel asintió.

-Te llevaré- dijo, pero Marley sacudió su cabeza.

-No… conseguiré un taxi, gracias. Yo solo… no importa.- se dio la vuelta para irse, pero se detuvo, miró a Jakob –No quiero ser de las que echa la culpa… pero haz esto bien, Jakob.

Joel miró por donde se fue.

-Hombre, está molesta.

-Tiene derecho de estarlo. Mira, ellos dicen que puedo quedarme con Quilla pero…

Joel asintió. –Lo entiendo. Mira, iré a avisarle a papá y a los demás. ¿Qué es lo que vamos a decirle a la prensa?

Jakob restregó su cara con ambas manos.

-Dios, no lo había pensado… mira, diremos exactamente lo que pasó. Despedimos a Gregor Fisk por su asquerosa incompetencia y conducta. Se enfadó y trató de vengarse.

-Ellos excavaran cada cosa que encuentren de Quilla, eso puede ser duro.

Jakob sonrió sin nada de humor.

-No más duro que una herida de un puñal. Es una luchadora; un poco de intrusión es algo de lo que la podemos proteger. ¿Puede Skandar poner algo de interferencia?

Joel asintió una vez más. —Hablaré con él. Van a hacerle preguntas, sin duda, alguien de aquí divulgara todo.

-Tal vez podamos pedirles que firmen algunos de NDA

-No- Ran Mallory caminó atravesando la puerta en ese momento y los escuchó —Nunca hemos sido la clase de familia que se esconde. Nosotros manejamos…

 la tormenta- dijeron sus hijos al unísono y Ran sonrió.

-Exacto. ¿Cómo está Quilla?- Jakob le dijo las noticias y Ran asintió.

-Bueno. Es bueno oír eso. Demonios, ese Fisk… tengo a todo el mundo buscándolo. Hola…

El de repente notó a Nan sentada detrás de Joel, tratando de hacerse a sí misma invisible. Ran sonrió y sacudió su mano.

-Lo siento, al parecer hemos tomado toda la sala de espera.

-No hay problema… oh, hola.- Nan miró hacia la puerta, donde estaba una adolescente rubia, su cara surcada con puntos de mariposa. Ella miró tímidamente a los tres hombres y luego a su hermana.

-El doctor dice que estoy bien como para irme.

Nan se levantó y sonrió a Joel —Fue un placer hablar contigo.

Joel asintió —Contigo igual, me alegro que no sea tan grave.

-Espera a que la lleve a casa- Nan murmuro con una sonrisa. Joel se rio pero no envidió a la adolescente.

-Mira, ¿segura que pueden irse a casa bien?

Nan, en la puerta de entrada se volteó —Si, tengo mi auto pero gracias. Espero que tú amiga este bien.

Hayley Applebee miró a su hermana mayor mientras conducía a casa. Hasta ahora Nan no había dicho precisamente nada pero Hayley sabía que eso significaba que la lava solo se estaba alzando cada vez más dentro del volcán.

Para calmar al menos un poco la erupción, la menor suspiró.

-Mira, Nan, lo siento. Sé que hice algo muy estúpido.

-Demasiado estúpido.

-Lo sé- Hayley esperó. Nada.

-¿No vas a gritarme?- dijo a su hermana desesperada, raramente decepcionada. Nan, quien se veía bastante cansada, movió su cabeza.

-Hays… estaba lista para sacarte los ojos pero entonces… ese sujeto a quien le estaba hablando, su amiga fue apuñalada por un tipo porque su novio lo despidió. El la apuñaló. No su novio. Cuando vivimos en un mundo así, que tú hagas algo que la mayoría de los adolescentes han hecho, en un punto u otro es un poco inútil un castigo severo. Puedo vivir con eso.

Miró a su hermana menor de lado, sin quitar la vista del camino por mucho tiempo.

-Eso no significa que no estarás castigada.

Hayley sonrió. —Nunca pensé tal cosa. Nan, tu sabías quienes eran esos señores, ¿no?

Nan se puso en blanco de repente.

-Sé que el nombre del primero era Joel pero…

Hayley suspiró.

-Nan, lee, al menos ocasionalmente un sitio de chismes. ¿Los Mallorys? ¿La familia más rica de la costa oeste? ¿Kit Mallory, el actor? ¿Skandar Mallory, el jugador de tenis?

Nan estaba confusa.

-Él no estaba ahí

Hayley murmuro algo en voz baja y luego dijo —Lo sé. ¿El sujeto con el cabello rubio y largo? Ese es el padre de Skandar.

Nan sacudió su cabeza.

-No puede ser, él es demasiado joven.

Después de explicarle quienes eran siendo todo en vano, Hayley se rindió. En casa, se disculpó una vez más con su hermana, la abrazó y se fue a la cama.

Nan se dejó caer en su cama y revisó la hora. Justo acababan de pasar las cinco de la mañana. Gruñó. En un par de horas, debía estar lista para enseñar a una clase llena de chicos de octavo sobre Hemingway. ¿Por qué Hayley no decidió hacer esto en un fin de semana? Nan se dio cuenta de lo que estaba pensando y envió una disculpa al cosmos.

Ella se acurrucó en su almohada y cerró los ojos pero no podía conciliar el sueño. Por alguna razón ella seguía pensando en el alto, rubio e imposiblemente guapo Joel Mallory.

Y acabas de responder a tu propia pregunta, se sonrió a sí misma.

Ella seguía sin creer que él era el hijo de un multimillonario y padre de otro. Llevaba con él una linda sencillez. Ella podía imaginarlo cortando árboles o arreando ganado… pero no entrenando a un tenista de primera clase. Ella se preguntó si la chica de cabello oscuro era su novia, no parecían novios, pero ¿Quién sabia?

Eventualmente se durmió y llegó a su clase justo diez minutos tarde. Ella llamó a eso un buen día.

Dos semanas después, Joel sentado, veía la sesión de práctica de Skandar con su compañero, vagamente registrando la habilidad que había en los tiros que su hijo estaba martillando. Pronto no iba a necesitar hacer esto, despertar temprano para volar sobre todo el mundo. Había sido su decisión abandonar los entrenamientos de Skandar al final de la temporada, pero joder, se sentía responsable en sus lecciones, y con todo el tiempo libre había estado buscando que hacer. Antes de que Skandar naciera, había empezado la universidad con intenciones de hacer un postgrado de arquitectura, pero se metió con Jakob en el área de negocios, construyendo y diseñando hogares exquisitos a un precio bastante generoso en cantidad. Pero cuando una noche se enganchó con una chica llamada Felicity y resultó en un embarazo todo cambió, y mucho más cuando ella los abandonó a ambos. Le dio a su hijo el nombre de su abuelo y el nombre del abuelo de su hijo y así fue como Skandar Randall Mallory II nació. Y el honestamente había amado cada momento.

Su vínculo con su hijo había consistido en amor, confianza y risas. Skandar, tan pronto empezó a correr era un manojo de energía y cuando Randall le compró una raqueta de tenis para su cumpleaños número seis, era muy obvio para todos que la futura carrera de Skandar estaba establecida

Ahora, Skandar tenía veinticinco y era el jugador de tenis número uno en el mundo. Su ídolo nunca estuvo fuera de las primeras planas de la prensa, y su padre, un gancho en el departamento de todas las miradas, cosechó tanta atención como él. . Joel, a diferencia de Skandar, no gustaba la atención, y estaba buscando volver al anonimato cuando abandonara el cuerpo técnico.

-Yo- Skandar lo sacó de su fantasía, en mano llevaba una fría botella de agua, la abrió y vació toda. La mañana era cálida para un verano en Seattle y la camisa de Skandar estaba empapada en sudor. Quitándosela y lanzándola al piso, sacó otra de su bolso.

-¿Estas bien, pa? Has estado muy callado en toda la mañana. Golpeé un revés pristine bajo la línea temprano, ¿lo viste?

-Buen trabajo- Joel dijo automáticamente, luego parpadeó, volviendo al presente —Lo siento, mi mente no está en el juego hoy.

Skandar se sentó a su lado.

-Papá, lo que quería preguntarte… ¿Qué harás ahora? Han pasado un par de meses desde que dijiste que le darías tu puesto de entrenador a Carlos.

Joel encogió los hombros —Honestamente, aun no estoy seguro. Estaba hablando con Jakob sobre eso… estaba pensando en tal vez volver a la universidad, terminar mi doctorado y luego ser compañeros en el negocio.

Skandar vació la mitad de la botella con agua helada sobre su cabeza.

-Suena bien. ¿Qué te detiene?

Joel sonrió, avergonzado.

-Tal vez suene loco, pero mi confianza en mis habilidades, ahora que soy mayor, se han marchitado un poco.

Skandar estudió a su padre.

-¿Qué piensas de tomar un par de cursos para adultos en la escuela, en el turno nocturno? Mejor ve primero si te gusta algo de eso antes de ir a la universidad.

Joel miró de reojo a su hijo.

-¿Cuándo te volviste tan inteligente?

Skandar se echó a reír. —Solo ocasionalmente. Además, he estado pensando y, eres jodidamente billonario, solo disfruta la vida. Hiciste todo el trabajo pesado en traerme hasta donde estoy ahora tu solo.

-Nunca lo sentí como un trabajo pesado, y eres tú y papá quienes son billonarios, no yo. Necesito hacer mi propio camino- dijo Joel y Skandar lo palmeó en el hombro.

-Lo sé, papá. Sin tener en cuenta eso, no es fácil… No estoy seguro de si hubiese podido hacerlo. De todos modos, mejor vuelvo a eso. Piensa sobre el curso nocturno, ¿sí?

El niño tenía razón, pensó Joel. Una clase de prueba tal vez era la manera en volver a ese mundo, más cómodo. Agarró su iPad y empezó a hacer su búsqueda mientras

Skandar destruía a su compañero de tiro con un servicio vicioso.

Jakob empezó a reír tan pronto llegó a casa. Quilla, obviamente aburrida después de estar en casa mientras se recuperaba, había construido una fortaleza con las cajas que habían traído sus cosas, las cuales le había ordenado que recogiera. Ella estaba acostada en el medio, apoyada en las almohadas, leyendo y con una taza de té a medio beber al lado de ella. El miró por encima de las murallas de la fortaleza y le sonrió.

-¿Acaso el médico no te dijo que no levantaras objetos pesados?- dijo haciendo una mueca de desapruebo.

Quilla le sacó la lengua. Después de la horrible noche, con el miedo de no saber si iba a estar bien, Jakob tenía aún más miedo de que su alegría natural se dañara, pero no, ella era sorprendentemente resistente.

Quilla habló del ataque, había tenido que ir una y otra vez a la policía, y seguía sin parecerle práctico.

-Extrañamente ni siquiera me di cuenta de que me había apuñalado hasta que vi su cara y luego la sangre- le dijo a Jakob –pensé que solo me había golpeado. Mi cuerpo sabía que algo estaba mal antes de que mi cerebro lo supiera, entonces, el dolor me golpeó. No recuerdo nada más hasta que desperté en el hospital. ¿La policía aún no ha encontrado a Gregor?

Jakob sacudió la cabeza con el rostro sombrío.

-No, sigue ahí afuera, en alguna parte. Pero te prometo, Quilla, que no te hará daño de nuevo.

Ella sonrió y acarició su rostro.

-Yo se eso.

Le habían dado de alta dos días después del apuñalamiento, pero con el acuerdo de que todo debía ser fácil para ella, no debía hacer ningún esfuerzo.

-Todo fácil- había tenido la intención de ser mimada por Jakob, se lo había dicho. Él se había preparado para su llegada, había movido gran parte de sus posesiones a su ático, se había asegurado de que su casa pareciera más una casa ahora, hizo espacio en su armario para su ropa, quitó sus piezas de sus estanterías para sus queridos libros. Más convirtió su habitación de huéspedes en un estudio de arte para ella. Hubo lágrimas de gratitud y amor cuando ella vio todo eso.

Ahora, sin embargo, limitada por una lesión y necesitando estar sentada la mayor parte del día hasta que sanara completamente, Quilla estaba por volverse loca. Jakob la ayudó a ponerse de pie y la llevó al sofá, poniéndola en su regazo mientras la besaba.

-¿Cómo te fue en el trabajo?- preguntó Quilla entre besos.

-Lo mismo de siempre.

-Así que… no estás extra-ocupado ahora que Don apuñalador pedazo de basura no está ahí?

Jakob dio un respingo y se echó a reír al mismo tiempo. Solo Quilla podía hacer gracioso algo tan grave. Sus brazos apretaron sus hombros ligeramente.

-No, para ser honesto, todo funciona mejor ahora. Y para ser aún más honesto, no eres la única que se aburre. Estoy pensando en dar un paso atrás, dejar que los ejecutivos actuen y se concentren en proyectos más pequeños… viviendas asequibles, lugares para personas sin hogar, cosas que papá y yo siempre hemos querido hacer.

Quilla acarició su cabello detrás de sus orejas.

-Si pudiera, te amaría más de lo que fuese posible amar a alguien.

Ella le dio un beso, moviendo los labios firmemente al mismo tiempo que los dedos en su nuca, anudando su cabello. Jakob cerró los ojos, disfrutando de la sensación de su piel contra la suya, saboreándola, con su lengua moviéndose contra la de ella con suavidad. Luego, a medida que el calor comenzó a subir, la apartó con suavidad.

-Quilla hay que tomarlo con calma. En serio, tenemos que esperar al menos seis semanas, dijo el médico.

-Dios- dijo molesta ahora —Me siento bien, ni siquiera me duele más; los puntos de la sutura estarán bien en unos pocos días.

Jakob, sonriéndole en la cara por el humor de su novia le contestó

-Ninfómana. Yo prefiero esperar unas semanas y tenerte saludable el resto de la vida sin arriesgar nada.

Ambos hicieron una mueca y Quilla se encogió de hombros.

-Está bien, entonces… pero después de seis semanas espero que estés listo.

Él sonrió y se inclinó para besarla. —Con toda la razón lo estaré.

Joel se abrió paso por el centro de aquella comunidad. El lugar era tranquilo en la tarde, había una escuela en la calle y podía oír a los niños jugar bajo el sol. Joel fue a la recepción y tocó el timbre. Una mujer que se veía de unos sesenta años le sonrió mientras se acercaba a la esquina.

-Hola… ¿necesita algo?

Joel le regaló una media sonrisa, aclaró su garganta nervioso.

-Sí, bueno, me preguntaban si habían cupos en algunas de sus clases nocturnas de sus cursos otoñales.

-Bueno- se sentó en su escritorio y movió el ratón para activar la pantalla del ordenador. –Vamos a ver… ¿Qué tipo de curso buscabas?- la cara de Joel se puso blanco, y la señora sonrió –Muy bien, veamos que tenemos disponible primero y luego partiremos desde allí. Solo dame un minuto, querido.

El teléfono de su escritorio sonó y la señora, con manos temblorosas contestó, poniendo el teléfono entre su hombro y barbilla. Habló en voz baja al principio y después de unos segundos levantó la vista hacia Joel.

-En realidad- dijo a la otra persona en la otra línea –creo que podrías ayudarme un poco. Tengo a un joven muy agradable en la recepción que quiere saber si queda lugar en alguna de las clases que dictamos en la noche… No, de eso se trata, no creo que él sepa aun lo que quiere estudiar, tal vez podrías hablar con él… si puedes sería maravilloso, nos vemos en un minuto.

Ella colgó el teléfono y le sonrió a Joel.

-Nuestra asesora de carreras viene a ayudarte, ella es capaz de ayudarte a elegir el camino correcto. Toma asiento, cielo.- Joel le dio las gracias y se fue a sentar. Agarró una revista del pequeño montón que había sobre la mesa. Vio la cara de Skandar en la portada. Él nunca había dejado de sentirse orgulloso de lo que su hijo había logrado. Nunca.

-¿Joel?- levantó la vista para encontrarse con una mujer atractiva y rubia, además de familiar que le sonreía.

-¿Nan?- su voz se quebró en el asombro, haciendo que sonara como Scooby Doo.

Nan sofocó una sonrisa.

-Ven conmigo- ella señaló con la cabeza el interior de su santuario —tengo una oficina con aire acondicionado en la que podemos hablar.

Joel no había notado lo sofocante que se sentía la recepción hasta que ella lo mencionó. La siguió por un largo pasillo, en una pequeña esquina, en la oficina más alejada. Cuando ya estaban sentados él le sonrió.

-Es bueno verte de nuevo, ¿Cómo está tu hermana?

Nan rodó los ojos.

-Como cualquier adolescente. Cabe decir que, a pesar de lo que pasó aquella noche, ella es una buena chica. Se preocupa por la gente, por el mundo. ¿Qué tal tu amiga?

Joel sonrió —Bueno, está recuperándose. Mi hermano me dice que está demasiado aburrida ya que está de reposo todo el tiempo en cama.

Nan rio —Tal vez debiste haberla traído también. Lo que me lleva a mi siguiente pregunta. Joel, Hayley me dijo quién era tu familia, lo que hace… así que ¿Qué diablos hace un multimillonario preguntando por las clases nocturnas?- ella tenía una sonrisa tan dulce que Joel no pudo evitar soltar una risa.

-Mi hijo, necesita un entrenamiento más intenso, y yo ya no se lo puedo dar y, para ser honesto, estoy harto de viajar por todo el mundo.

Ella le dio una mirada de sorpresa y el levantó ambas manos.

-Lo siento, eso no sonó para nada cortés. Lo que quiero decir es que... tengo que hacer algo para mí ahora.

-¿Y no quieres entrar en el negocio familiar?

-De eso se trata, la empresa familiar no es solo una cosa, es Arte, son Propiedades, es Actuación y son Deportes. Estoy tratando de encontrar donde encajo.

Nan asintió. –Entiendo, bien, ¿Qué es lo que te apasiona? Joel se quedó en silencio por un momento.

-No puedo recordar nada más allá de cuidar a mi hijo. ¿Es triste eso?

-Por supuesto que no- Nan dijo con sentimiento, sus mejillas enrojecidas –Eso es maravilloso. Pero es tu camino ahora, por supuesto que no te ayudara en este momento- admitió con una sonrisa.

Joel sonrió. A él le gustaba mucho esta mujer, su humor, su inteligencia, su linda sonrisa, su cabello rubio caramelo que caía sobre sus hombros... concéntrate, Mallory.

-Entonces, ¿Esto es lo que haces? ¿Das asesoramientos en las carreras?- miró alrededor de la oficina, habían carteles de información, una pila alta de libros, archivadores con cajones viejos. Había algo reconfortante en la habitación, y sobre Nan también, él se dio cuenta.

No- dijo –Hago esto una vez a la semana y cuando tengo tiempo libre. Doy clases de octavo grado en la escuela que está al cruzar la calle.

El parpadeó varias veces. – ¿Ofreces tu ayuda en tu tiempo libre? ¡Vaya!

Nan sonrió con timidez.

-Me gusta ayudar. Oye, mira ¿Por qué no empezamos viendo tus calificaciones y cuales materias te daban para ver si concuerdan con algunos de nuestros cursos? Así vemos cual te atrae más.

Joel sonrió agradecido.

-Gracias, te lo agradezco mucho y…- vaciló por un momento, no estaba acostumbrado a esto –si no es muy inadecuado ¿puedo invitarte una copa de agradecimiento? Puedes decir que no si…

-Sí, me gustaría- dijo sonrojándose furiosamente y Joel sonrió.

-Bueno. Ahora… mis calificaciones.

No tenía ni idea de que lo llevó a invitar a Nan Applebee a salir, era solo que en un segundo un mechón de pelo había caído sobre su rostro, sus mejillas se habían sonrojado y se había visto tan adorable que Joel no pudo contenerse a sí mismo.

Ellos habían acordado que la cita sería el viernes siguiente. Ella rechazó su oferta de recogerlo, lo cual era sensato, y había dispuesto para reunirse en uno de sus restaurantes favoritos de la ciudad.

Joel se sonrió a sí mismo, mientras se vestía para su encuentro. De toda su familia, era quien más disfrutaba las cosas simples- no simples- se corrigió- simplemente más natural- plano, ropa resistente más que trajes hechos a medidas y súper costosos, una buena hamburguesa y cerveza acabada de salir de la nevera. Joel siempre se sintió como el hermano que se había privado de sus placeres, el que no trae a casa a las supermodelos. De repente se sintió mal con ese pensamiento. Amaba a Asia y a Quilla, y ninguna de ellas se asemeja a las antiguas mujeres de Kit. Era su hermano, pero seguía pensando que su hermano gemelo había sido un tonto por dejar a Asia.

Nan Applebee era exactamente el tipo de chica que le gustaba; inteligente, divertida y amable. El hecho de que no dejara de pensar en su suave piel y en el aroma limpio y fresco de su ropa le daba vueltas en la cabeza.

Cálmate, tigre. No la asustes. Pero Joel sonrió para sí mismo. Había esperado esta noche desde que la invitó a salir.

-Una vez más, el chofer del taxi te está esperando- Hayley Applebee se dejó caer en la silla de la habitación de su hermana, viendo su vestido.

Nan dirigió una mirada de pánico mientras estaba de pie, aun en ropa interior, mordiéndose los labios. Hayley llevaba pantalones ajustados, una camiseta y un gorro de lana sobre su largo pelo rubio, parecía sacada de una página de un catálogo de Abercrombie & Fitch. Ella hizo una mueca.

-¿Cuál?

Hayley volteó con una mirada aburrida.

-El color lila.

Nan agarró el vestido y lo deslizó sobre su cabeza. Era un vestido casual de verano, con tirantes y suelto. El color le sentaba perfecto con su tono de piel, Pero Nan aún no estaba convencida.

-Es muy corto- murmuro ella volviéndose a mirar en el espejo y pudo mirar a Hayley rodando los ojos.

-Mientras cubras tu galleta, ¿a quién le importa? Tienes veintinueve años, por el amor de Dios; a veces juro que te comportas como si tuvieras cincuenta y nueve- Hayley reprimió un bostezo y se volvió para enviar mensajes de texto en su teléfono por un segundo —solo he puesto en Facebook que vas a salir con el padre de Skandar Mallory. Nan se dio la vuelta.

-No, Dios, Hayley. Bórralo… yo no quiero que piense… Mierda, ¿ya se fue?- su mirada se había vuelto salvaje y Hayley la miraba alarmada.

-Era un chiste… uy.- dejo escapar un suspiro -¿crees que no sé cómo funciona el mundo?

Nan contuvo el aliento.

-Dime, oh sabia, ¿Cómo funciona? Pequeña tonta.

Hayley rio. —Si no te apuras, se va a ir, de todas formas. Te ves bien, ¿podemos irnos?

En el auto, Nan trataba de hacer que sus manos no sudaran secándolas vagamente en su vestido. Hayley la miró de reojo.

-Deja el pánico. ¿Ya tienes todo lo que necesitas? ¿Dinero?, ¿teléfono?… ¿condones?

-Hayley, detente- Nan sintió como la vergüenza atravesaba su cuerpo.

Hayley negó con la cabeza.

-Lo digo en serio. Tienes que cuidarte, nunca se sabe lo que podría pasar- miro el vestido de Nan y ocultó una sonrisa —Después de todo, si las cosas se ponen demasiado caliente, el vestido le da fácil acceso.

-Enciende el auto- Nan le ordenó y Hayley se rio fuerte esta vez.

-Ya, hermana. Disfruta el momento, sigue la corrienteeee...- ella alargó tanto la palabra que la hizo parecer más sucia de lo necesario. Ella realmente no la estaba ayudando con los nervios de Nan. Cuando Hayley detuvo el auto frente al bar, Nan se bajó y un momento después se volteó para mirar a su hermana sin dejar de sonreír.

-Por cierto... eres adoptada, te encontraron debajo de un puente. Usabas Crocs- agregó y Hayley se rio de nuevo.

-Anda a tu cita con el bombón- ordenó y Nan cerró la puerta, la menor bajó la ventanilla y gritó

-Recuerda que una chica tiene todo el derecho de obtener lo que es de ella.

Nan frunció el ceño luego de que Hayley arrancara de nuevo y se fuera. Sus emociones se habían vuelto un torbellino, su estómago era un manojo de nervios, dio un largo respiro y abrió la puerta del bar.

Joel se puso de pie al ver a Nan entrar al bar, sus largas piernas temblando como las de un potro recién nacido, su hermoso rostro nervioso. Apartó sus propios nervios y cruzó la habitación para saludarla. Cuando la vio sonrió con alivio y sintió algo dentro de él. Deseo.

-Hola, tú. Luces genial. Me encanta The Grateful Dead-
dijo ella, asintiendo hacia la clásica camiseta. Joel puso su
cabeza a un lado, asombrado.

-¿De verdad?

Ella rio —No, no los elegiría si estuvieran en mi lista, pero
en serio te ves bien.

El extendió su mano y ella la agarró.

-Vamos- dijo —guardé una mesa para nosotros… ¿Qué
bebida te gusta?

Él ordenó las bebidas y se sentó al lado de ella.

-Bueno… hola

Ella rio, relajándose.

-¿Cómo va la búsqueda de tu yo interior? ¿Algún
progreso?

Joel rio divertido.

-Bueno, gracias a mi asombrosa consejera de carreras,
estoy empezando a tener algunas ideas.

-¿Cómo qué?

Joel se inclinó hacia adelante.

-Bueno, he estado entrenando a Skandar por casi
diecisiete años, así que, pensé, tal vez, que sería buena
idea enseñar Educación Física- él la miró para ver su
reacción. Nan, con expresión neutra asintió, pero él sabía
que ella tenía algo que decir al respecto. —Solo… di lo que
tengas que decir. Nan, quiero tu consejo.

Ella le regaló una media sonrisa.

-Pienso, que si quieres enseñar Educación Física, está
bien, está genial, especialmente si logras pasar los cuatro
años del curso de post-grado y luego continuar tus
estudios mientras enseñas. Estás en la situación ideal, con

los créditos de la universidad que ya tienes, te van a ayudar bastante, y no es que sin eso no puedas hacerlo.

Joel asintió. – ¿Pero…?

Nan llenó sus pulmones de aire para dar un largo suspiro. -Solo pienso que… no es suficientemente grande para ti. Creo que deberías seguir construyendo lo que ya has empezado, no empezar todo de nuevo, algo en el mismo campo.

Joel asintió pero luego de unos segundos admitió. –No te estoy entendiendo.

Nan sonrió. –No estoy segura de lo que dije tampoco. Es solo que, creo que estas hecho para cosas más grandes.

Joel se recostó en su asiento y sonrió. -¿Eso crees?

La mesera trajo las bebidas- dos cervezas frías –y un coctel. Nan parecía desconcertada cuando Joel le tendió la bebida.

-Prueba

Ella hizo lo que él dijo. –Hombre, esto está buenísimo… ¿qué es?

-Appletini- dijo Joel dejando salir varias carcajadas –pensé que me daría puntos extras si le daba una manzana a la maestra.

Nan se echó a reír. –Eso, Joel Mallory, es adorable. O cursi, debería decir.

-Suficientemente gracioso, trataba de ser justamente adorablemente cursi así que…- él puso su mano al aire para que ella le diera las cinco, ella lo entendió y lo hizo, riendo.

-Cambiemos de tema- dijo Nan, relajándose y apoyándose en su asiento, toda alusión a nervios ya se habían esfumado. —Háblame de ti y tu familia.

Skandar Mallory sonrió para sí mismo. Estaba volando a través del Atlántico y acababa de iniciar sesión en su iPad para revisar sus correos electrónicos. Vio a uno de su padre y lo abrió.
Tengo una cita. Con una chica. Siéntete libre de burlarte.
Skandar ahogó una risa. Gracias a Dios, escribió, estaba empezando a preguntarme si te habías caído.
Realmente Skandar no podía recordar la última vez que su padre había tenido una cita, o incluso si las había tenido alguna vez. El simplemente no parecía frustrado por tener citas nunca, tal vez ahora que por fin estaba libre de los entrenamientos se podía dar ese lujo. Skandar se había hecho un caos en la cabeza cuando supo sobre la decisión de su padre, preguntándose si él había causado la repentina salida de su papá. Ambos sabían que Joel lo había llevado tan lejos como pudo, pero era una gran oportunidad para los dos.
Estaba en su camino para jugar en la Copa Davis en su encuentro en Paris. Su primer encuentro importante desde que su padre había dejado los entrenamientos. Su nuevo entrenador, el temperamental y caprichoso Carlos Sosa, la leyenda Argentina, estaba sentado al frente de él, mandando mensajes con furia, su ceño fruncido hacían que sus líneas de edad se pronunciaran más en su hermoso rostro. Skandar se deleitaba con el logro de haber sabido cómo lidiar con el hombre. Él tenía el

presentimiento de que sus actividades sociales y su diversión-amor con el juego se verían en un conflicto con la baja tolerancia del hombre mayor.

Sí, definitivamente se estaba mudando a un territorio totalmente nuevo aquí. Skandar Mallory, a sus veinticinco años, era el deportista más rico del mundo, no le dolía la herencia de estrella de cine que le había dado su padre. Le llovían los acuerdos para su patrocinio. Perfumes, relojes, autos deportivos, todos lo querían. Durante los últimos dos años se había acostumbrado a la onda de ser completamente intocable en la cima de la tabla de clasificación pero ahora venían dos recién llegados, hombres de sus últimos años de su adolescencia, que venían justo detrás de él. Rápido. Skandar no era ingenuo, él sabía que en un par de años lo dejarían atrás pero sería muy jodido si él los dejara pasar así no más. Miró a Carlos. Sus primeras palabras hacia Skandar habían sido no me importa una mierda quien seas, me vas a escuchar. Si, aterrador como el infierno, pero emocionante a la vez. Skandar se preguntó cómo le estaría yendo a su padre en la cita y si estaba bien. Su propia vida amorosa era un desastre… bueno, cualquiera a quien él hubiese querido pero era aún más solitario tener a alguien. Siempre estando de viaje. Aun así, sentía que había tiempo para el amor.

Justo ahora, lo único que quería era ganar.

Bien, Joel Mallory era… delicioso, Nan, cuatro con appletinis en un estómago vacío, decidió. Es cierto, estaba un poco mareada, pero Dios, el hombre podía llevarlo todo, lo divertido, lo guapo y lo extremadamente sexy.

-¿Cómo no estás casado?- oh, mierda. Estoy balbuceando.

Joel no parecía importarle la pregunta. —Simplemente no sucedió. La mamá de Skandar se fue muy pronto después de su nacimiento. Luego me puse a trabajar. De vez en cuando me hubiera gustado tener citas, pero no por un tiempo largo. Pero entonces no estaba interesado en nadie… hasta ahora.

Nan enrojeció como una rosa y no pudo ocultar su sonrisa.

-Muy bien- respira profundo, profundo, profundo

-¿Nan?- la boca de Joel se curvó en la sonrisa más sexy que ella vio nunca. -¿Estás libre mañana?- sábado. Nan rápidamente buscó el día en su cabeza.

-Eso creo… ¿Por qué?

Joel tomó un sorbo de su soda, tenía una cerveza, se dio cuenta, y se detuvo —Oh, es solo para buscar algunos mini cursos a los cuales pueda anotarme en la universidad.

Su cara se alargó y él se echó a reír.

-Es broma. Me gustaría… hmm, eh, lo estaba pensando, me gustaría llevarte a salir de nuevo.

-Me encantaría- contuvo su sonrisa -¿Qué tal si me das una clase de tenis?

Joel pareció aliviado. —Buena idea. Tomaré nota siempre preguntar a una mujer lo que vas a hacer.

Nan sonrió con malicia.

-A veces, otras veces puedes esperar hasta que sea el momento adecuado como para…

Ella fue silenciada por los labios de Joel sobre los de ella, tiernamente y vacilante ella respondió, las manos de él se deslizaron hasta su cintura. Cuando se separaron, ella rio.

-Así como eso. Si, bien hecho ilustrando mi punto.

Joel soltó una risa —me alegra que pienses así- pasó la punta de su dedo por su mejilla —Nan… ¿es la abreviatura de Nancy?

Ella sacudió su cabeza.

-No, solo Nan.

-Nan, tal vez esto te suene como a una línea bien estudiada, pero ¿te gustaría venir a mi casa?- sí, claro que sí. Pero Nan no estaba lo suficientemente borracha como para dejarse llevar. Ella vaciló y él vio la duda en su rostro.

-Oye, mira, no estoy esperando nada. Solo tomar y hablar, es todo, lo juro- el dio una sonrisa triste —en serio, no tengo ningún juego. Creo que Kit se robó toda esa parte de mí cuando estábamos en el vientre.

Nan rio.

-Ese sinvergüenza.

-Un canalla y sinvergüenza.

Nan rio y luego suspiró.

-Mira, seré honesta… si quiero. Quiero como no tienes idea. Pero la Mary Sue dentro de mí me dice ¿en la primera cita, ramera? Incluso si solo es charlar y tomar.

Joel asintió.

-Entiendo. ¿Al menos puedo llevarte a tu casa?

-Eso lo puedes hacer.

Ella sonrió mientras caminaban, sus manos juntas, hacia su camioneta.

-Una pickup Chevy C-10 de 1963- dijo ella, pasando su mano sobre el capó. —Hermosa. ¿Restauraste esto?

-Eso desearía. Me temo que es una de las ventajas de ser un Mallory. No me pude resistir

Nan abrazó el capó.

-No es un lujo pero es una muy costosa necesidad- suspiró y se levantó, metiéndose en el asiento de pasajeros. Joel aún se reía por la reacción de Nan al ver el vehículo.

-Nunca pensé que fueras una cabeza de gasolina- dijo metiéndose en el asiento del piloto y poniéndole el cinturón de seguridad a Nan.

-Mi papá amaba los autos- dijo ella —Hayley y yo solíamos ayudarlo… bueno, yo solía hacerlo, Hayley era muy pequeña.

-¿Tus padres siguen contigo?

Su rostro se entristeció un poco. —Mamá lo está. Bueno, un poco. Se volvió a casar y ahora tiene una nueva familia. Vive en Florida.

Joel asintió, entendiendo, luego cambió el tema. —Ahora, para no ponernos en riesgo y terminar en Tijuana, pongo la navegación en tus manos. Señala el camino.

Hayley había dejado la puerta de su habitación abierta antes de irse a la cama y todavía estaba viendo videos en su iPad cuando Nan abrió la puerta. Hayley se deslizó fuera de la cama y fue a la puerta pero no pudo oír nada. Abrió la puerta, para luego encender las luces del pasillo para luego ver a su hermana sentada en el piso con una sonrisa estúpida en el rostro.

-Hola- fue lo único que pudo decir antes de empezar a dar risitas. Hayley cruzó los brazos.

-Y aun así ponen a los niños del futuro en tus manos- Nan puso una mano al aire para silenciarla y Hayley trató de no reírse.

-Puede que esté borracha

-Qué vergüenza

-Lo se

-Te estoy juzgando.

-Dary ante

-¿Es ese tu nuevo nombre?- dijo Hayley confundida, eventualmente descubrió a que se refería Debidamente Nan trató de enfocarse en su hermana.

-¿Podrías levantarme?- Hayley pudo, de alguna manera, meter a su borracha hermana en la cama.

-Pondré un bote de basura debajo de tu cama por si te dan ganas de vomitar.- Nan se dio la vuelta y dio un largo gemido que hizo que Hayley se alarmara. Rápidamente Hayley se paró, alejándose de la cama, evadiendo cualquier proyectil que vendría de su hermana. -¿Qué? ¿Qué es? No te atrevas a vomitar hasta después que traiga el bote de…

-No- Nan rodó en su espalda y abrió los ojos —no es eso… oh, dios, es por esto que no debería beber.

El interés de Hayley se disparó y se sentó de nuevo en la esquina de la cama, fuera de la zona de peligro, claro.

-¿Qué? ¿Lo hicieron en el baño del club?

-Eww, no…- Nan hizo como si fuera a vomitar y luego se sentó en su lugar. —abracé a su camioneta.

Hayley lucía bastante confusa. – ¿es esa alguna clase de posición de Kama- Su…?

-¡No tuvimos sexo!- gritó Nan y luego parpadeó –me refiero a que tiene una asombrosa camioneta Chevy del 63 y yo la abracé. Como una lunática.

El interés de Hayley se disipó.

-¿En serio? ¿Es eso? ¿Tuviste más acción de una camioneta?

Nan sacudió la cabeza.

-Se supone que vamos a salir mañana… lo que le da la opción de ir a su casa y pensar Joder, ella es un poco rara, tal vez no es una buena idea.

Hayley suspiró.

-Bueno, si lo hace, el no vale la pena.

-¿Y si no lo hace? Preguntó Nan con un pequeño tono de esperanza en su voz. Hayley sonrió.

-La próxima vez- se levantó y le quitó los zapatos a su hermana para luego arroparla. –Follalo en vez de alabar al motor de su auto.

Nan ya estaba dormida en cuanto Hayley había cerrado la puerta de su habitación.

Quilla se arrastró por la gigantesca cama donde Jakob estaba escribiendo en su computadora portátil. Él levantó la vista… ella estaba completamente desnuda. Maldita sea. Su pene respondió inmediatamente pero aun así sacudió su cabeza y la miró con una sonrisa.

Ella dio un largo suspiro.

92

-Dos días- gruñó —Han pasado solo dos días luego de las seis semanas y sigues tratándome como si fuera una monja de Mary Knoll.

Jakob se rio y la llamó —Ven aquí- el colocó su laptop a un lado y la arrastró hasta encima de sus piernas, cubriendo su cuerpo. La cicatriz en su abdomen estaba sanando; los puntos se los habían quitado unas semanas después. Acarició su suave piel.

-Dime, honestamente, ¿te duele un poco? ¿Una pequeña punzada siquiera?- ella tomó su rostro en sus manos.

-Para nada, lo prometo.

El buscó en sus ojos por un largo momento entonces con un movimiento puso su espalda sobre la cama, cubriendo su pequeño cuerpo con el de él.

-Si llegas a sentir lo más mínimo, dime, ¿lo juras?

-Lo juro.

Jakob besó su boca y luego bajó por su garganta para bajar más y meter uno de sus pezones en su boca. Dios. El extrañaba eso. Quilla enganchó una pierna sobre su espalda e inclinó sus caderas para acercarlas a sus muslos. Podía sentir como su sexo estaba caliente, y ella pudo sentir su gruesa polla alargándose, desesperada por estar dentro de ella. Besó su estómago, su vientre, rodeó su ombligo con la lengua, corriendo la punta contra su cicatriz luego hacia abajo por encima de su sexo, suave. Él le sonrió mientras se movía aún más bajo y capturó su clítoris sensible entre los dientes, mordiendo suavemente, sintiendo las contracciones a su contacto. Su lengua atacó a su alrededor, sintiendo como cada vez se ponía más húmeda e hinchada. La llevó al orgasmo con su lengua y luego se subió hasta besarla.

-¿Sin dolor?

Su piel estaba húmeda, su cabello se adhería a su cara mientras jadeaba con los ojos brillosos.

-Sin dolor.

Frotó su nariz con la de ella, fijando sus ojos en ella.

-Abre las piernas para mí, hermosa… Quilla, lo más amplio que puedan… eso es.

Su respiración acelerándose con la de él. Jakob se sentó y se quitó la camiseta que cubría su torso, todo el tiempo mirándola. Quitó el cinturón de sus pantalones y se inclinó, torciendo el cuero del cinturón alrededor de sus pequeñas muñecas y amarrándola en la esquina de la cama.

-¿Eres mía, Quilla?

Sin aliento, asintió y él sonrió, sus ojos somnolientos de deseo.

-¿Estás caliente, mi amor?- asintió una vez más. Él agarró la copa de champagne que tenía en la cómoda al lado de su cama, tocando la punta de su pene mientras lo hacía, sirvió un poco del vino en su ombligo, para luego regar el líquido con su lengua, haciendo que goteara por un lado. Quilla se retorcía de placer, gimió mientras Jakob tomaba un trago del champagne ya que cayó un poco sobre ella, de nuevo, dejando que las burbujas acariciaran su clítoris mientras él deslizaba un dedo dentro de ella y presionaba hacia arriba para masajear su punto-G. Quilla se estaba resistiendo, su cuerpo estaba asumiendo como implacablemente Jakob la tomaba con sus manos y boca.

Separó los labios hinchados de su sexo y deslizó su lengua arriba y debajo de su hendidura resbaladiza, moviéndose entre su clítoris y la entrada de su vagina. Él sintió como su cuerpo se tensaba, tan pronto escuchó su orgasmo se irguió y entró en ella, su pene estaba desesperado por sentir su interior. El la miró, sus brazos a cada lado de su cabeza, sus manos agarrando las ataduras en el marco de la cama, ella viéndolo con ojos brillosos.

-¿Recuerdas cuando estábamos en Venecia, amor? ¿Esa noche que follamos demasiado y decidimos despertar a los vecinos?

Quilla sonrió, se rio un poco.

-¿Cómo podría olvidarlo?

-¿Recuerdas como veíamos nuestro reflejo en el espejo mientras mi pene salía y…- empujó con fuerza y ella se quejó —…entraba en tu perfecto coño?

-Si… dios

Jakob sonrió acelerando el ritmo.

-¿Recuerdas que esa noche hablamos de follar en el balcón para que todos vieran lo hermosa que te veías al terminarte?

-Dios… si, si…- Quilla arqueó su espalda presionando su sexo contra el de él mientras empujaba más y más fuerte.

-Nunca hicimos eso, ¿verdad, Quilla?

Ella sacudió la cabeza, esta vez jadeando tan fuerte que era incapaz de emitir sonido. Jakob siguió y ella gimió hasta que se terminó, la vibración de su cuerpo hizo que Jakob sonriera con satisfacción. Sacó su pene al mismo tiempo que él llegaba a su clímax y terminaba en su vientre, tirando líquido blanco lechoso en su piel. Ella le sonreía mientras masajeaba su piel.

-Te amo tanto, Jakob Mallory.

-Cómo te amo, mi amor, mi amor… mi Quilla.

Él le soltó las manos y ella echó los brazos a su cuello para besarlo con ternura.

-Lo había extrañado tanto que… fue increíble.

Jakob la atrajo hacia él.

-Quilla… ¿te gustaría ir a Venecia, a nuestro pequeño apartamento, por un tiempo?

Ella pareció sorprendida.

-Me encantaría pero…

-Tienes trabajo.

-Sí, y te amo por preguntar, pero no puedo defraudarlos, más aun ahora que he estado… enferma.

Jakob asintió y luego le dio una sonrisa culpable.

Cariño, la cosa es que… ya hable con ellos

Quilla se echó hacia atrás para mirarlo.

-¿Qué?

Jakob asintió. —Lo siento, sucedió cuando estabas en el hospital, me estaba volviendo loco, estaba asustado… fui a ver a tu jefe y se lo dije.

-¿Qué?- Quilla se sentó en la cama -¿le dijiste que no podía tomar mis propias decisiones más?

Jakob se echó hacia atrás al oír ira en su voz.

-Cariño, actué como loco, lo sé, y me pasé de la raya. Pero solo me importas tú y quería compensarte por lo que Gregor te hizo por mi culpa.

Quilla lo contempló por un momento y luego suspiró.

-Jakob, lo que hizo Gregor... no fue tu culpa. Él es un psicópata, lo sabía desde el primer día que lo conocí. Un sociópata. ¿Sabes que fue una de las primeras cosas que me dijo? Él dijo sé que estás follando a Jakob. Y eso pasó cinco segundos después de conocerme.

Jakob la observó en silencio. Puso sus rodillas en su pecho inconscientemente. -Pero eso significa que debas organizar mi vida, ¿Cómo diablos no me lo habías mencionado antes? Dios, voy a dejar pasar esto debido a las circunstancias y por qué te amo por querer hacerme feliz, pero por favor…

-Te entiendo y lo siento- Jakob suspiró —mira, he estado jugando casi toda mi vida, las drogas eran otro problema, además de no haber estado en una relación en demasiado tiempo, así que estoy volviendo a aprender algunas cosas, ¿me perdonas?

Quilla sonrió.

-Solo esta vez, Mallory. Ahora, ven y muéstrame una vez más lo mucho que me amas.

-En serio, voy a renunciar. Hemos estado haciendo esto durante un mes y no he mejorado en nada- Nan hizo girar su raqueta de tenis hacia Joel, quien le devolvió la sonrisa. El levantó las manos.

-Tienes razón, apestas en esto.

Ella golpeó una pelota de tenis, la cual él esquivó, riendo.

-Vamos, Nan, vamos a conseguir un lugar donde almorzar.

El la llevó a un pequeño lugar donde servían almuerzos (el cual, ella notó, que no tenía precios en el menú), ellos ordenaron mientras esperaban por sus bebidas, Joel enlazó sus dedos con los de ella. El mes pasado había sido divertido, feliz, emocionante, y solo eso. Lo que había encontrado en Joel Mallory era un mejor amigo, un confidente, su alma gemela. Se llevaba bien con Hayley, él habló con Nan sobre su trabajo, él había encajado tan fácilmente en sus vidas, y ella no podía recordar un momento en el que él no estuviera con ella.

Ahora, mientras comían sus ensaladas de cangrejo, ella estaba nerviosa. Hoy iba a su casa por primera vez… a pasar la noche. Y dios, ella quería desesperadamente dormir con él pero la sola idea de estar desnuda con ese hombre estaba aterrorizándola y no sabía por qué.

Ella le contó y el frunció el ceño.

-¿Por qué?

Porque, míranos, somos de mundos diferentes. Soy una maestra de escuela; vivo en una casa de dos habitaciones.

Pero ella no le dijo nada.

-Tal vez es por los nervios de la primera noche- ella bromeó torpemente. El apretó sus dedos.

-Lo estás pensando demasiado- el movió su silla para estar más cerca de ella, paseando su brazo por la parte de atrás de la silla. Sus dedos deslizándose hacia su piel expuesta debajo de su brazo bajando lentamente. Nan se estremeció, la sensación era divina. Joel continuó comiendo de su tenedor con la mano libre, pero ahora su otra mano se había movido hasta su glúteo, su gran pulgar acariciando su curva. Nan le sonrió, su mano se movió para apretar su muslo y sus dedos dibujaban un patrón mientras su corazón enviaba corrientes a todo su cuerpo y su respiración se hacía más rápida.

Joel bajó su tenedor y se acercó a su oído.

-¿Nan? ¿Quieres algo más de comer?- ella sacudió la cabeza, concentrándose en el pulso palpitante entre sus piernas, sus dedos tentativos cerca de su sexo, ella quería gritar.

-Nan...- dios, su voz, tan lenta, tan melódica - ¿deberíamos ir a mi casa?

Ella volteó su cabeza para presionar sus labios sobre los de ella.

-Sí, sí.

Los siguientes veinte minutos estaban borrosos, carreteras y autos, un elevador y ahora, en su habitación, su sorpresivamente modesta habitación. Joel subió su mano hasta la curva de su cuello y desabrochó el cierre para dejar deslizar su vestido y dejarlo caer en el suelo. Con sus pequeños pechos, ella no se había molestado en usar un sujetador y el los cubrió con sus grandes manos, besándolos como si los estuviera adorando. Nan puso una mano en su cabello y sacó la cola de cabello, dejando caer los rubios y sedosos mechones en su cara, ella sosteniéndolos con sus dedos mientras Joel metía un pezón en su boca. Ella vaciló un poco y él la tomó en sus brazos.

-Recuéstate en la cama por mí, cariño.

Ella lo hizo y miró como se sacaba su camiseta y pantalones. Desvestido le era aún más imposible creer lo que tenía al frente, el pecho tenso, sus anchos hombros y brazos musculosos. Podía ver su pene apretando su ropa interior, ya largo y duro. Se incorporó para quitarse la ropa interior.

-Espera- dijo ella cuando los nervios ya se habían esfumado –Quiero hacerlo.

Joel dejó ir su cintura con una sonrisa y ella deslizó sus dedos sobre su ropa interior y, lentamente, se los quitó. Ella dio un suspiro mientras su pene duro, erecto e hinchado rozaba su vientre, ella se estremeció. Acarició con sus dedos la piel como la seda de su pene, de arriba hacia abajo. Ella sonrió y luego se metió la sensible punta a su boca. Podía saborear el líquido pre-seminal salado y rico cuando su lengua se movió por toda la longitud, oyó a Joel tomar una respiración muy profunda.

Después de unos momentos, ella movió su cabeza y dejó caer su espalda en la cama, el paseó sus dedos por su braga para luego liberarla para él. Él levantó sus piernas hacia sus pechos y hundió su rostro en su sexo, saboreando hasta que sus labios se humedecieron y palpitaban de deseo. Entonces, él la tomó, deslizándose gentilmente, tan lento que ella casi llora en cuanto el empezó a moverse.

-Joel… oh dios, Joel

Se movieron juntos, piel contra piel, encontrando fácilmente el ritmo mientras golpeaban sus caderas al unísono. Joel la besó, su lengua exploraba su boca. Nan se apegó a él, sus piernas envueltas alrededor de sus caderas, moviéndose mientras inclinaba su sexo para encontrarse con él, para permitirle adentrarse aún más profundo dentro de ella. Dios, sí, esto era lo que ella estaba deseando, la conexión, el contacto humano y la pasión. Joel la miró como si fuera la criatura más hermosa que había caminado sobre la tierra. En ese momento ella se sentía maravillosa y sensual.

Su clímax, acumulándose, acumulándose, acumulándose, la golpeó fuertemente y soltó un gemido, sentía que estaba volando mientras Joel terminaba, su gruñido fue música para sus oídos.

A continuación, acostados lado a lado, viéndose a la cara, hablaban. Ella le sonrió.

-¿Por qué estaba tan nerviosa?

Joel se rio.

-¿Puedo contarte un secreto? Estaba demasiado asustado.

-Mentira.

-Verdad.

Nan suspiró.

-Todo mi cuerpo se siente como si estuviese rehabilitado. Ni siquiera sabía que podía sentir algunas de las sensaciones que me hiciste descubrir.

-Te entiendo- dijo y la besó lentamente —Oye, tengo algo que hablar contigo. Una idea que ha rondado mi cabeza por un par de semanas.

-Dime

-¿Recuerdas esa conversación que tuvimos acerca de mí? ¿Que no era buena idea enseñar Educación física?

-Sí, algo recuerdo.

-Bueno, he estado tratando, y fallando en el intento, de enseñarte a, tu sabes, pegarle a una pelota de tenis- ella se rio y le sacó la lengua —me puse a pensar y… tenías razón. Estaba pensando demasiado pequeño. Y bueno, me puse a pensar ¿y si construimos un Centro Deportivo para la comunidad? Un lugar donde cualquiera pueda venir y saciarse de conocimiento sobre cualquier deporte y aparte obtener equipo si lo necesitan, ¿Qué piensas?

Nan asintió, sus ojos reflejaban lo emocionada que sentía.

-Eso me gusta más. Creo que es genial, ¿lo has hablado con tu familia?

-No aun, pero lo haré. La verdad es una idea básica por el momento y quería contártelo a ti primero.

Ella sonrió ampliamente. – ¿En serio?

-En serio, tú, Nan Applebee, en menos de un mes te has convertido en parte de mi persona. Bueno, te convertiste en mía cuando abrazaste mi camioneta en nuestra primera cita.

Nan rio y cubrió su rostro con ambas manos.

-Dios, no me lo recuerdes.

Joel sonrió y la atrajo hacia él.

-No cambiaría nada. ¿Me ayudaras con este nuevo proyecto?

Ella asintió. -Por supuesto- sonrió y repartió besos en toda su cara —Claro que lo haré- dijo ella calmándose – Soy tu persona.

Joel se colocó encima de ella.

-Bueno, entonces, mi persona, vamos a ver de qué otra manera celebramos este nuevo proyecto.

Fue una llamada telefónica a la mitad de la noche que los despertó. El teléfono fijo del apartamento de Joel. Por un segundo, él parpadeó somnoliento, ambos se miraron a los ojos, entonces Joel se deslizó fuera de la cama y fue a contestar. Después de unos momentos Nan lo siguió y entró a la sala de estar. Joel estaba sentado, con su cabeza entre su mano mientras que la otra apretaba el teléfono a su oído y hablaba en voz baja.

Todo su cuerpo parecía haber caído, su porte había cambiado a uno de derrota. Nan se sentó a su lado y puso un brazo alrededor de él. Dios, ella sabía lo que podía significar una llamada a la mitad de la noche. Se acordó de aquella noche, la policía había llamado a su casa, le dijeron a ella y Hayley que su padre había muerto repentinamente. No había sido un accidente, ningún sospechoso, solo… se había detenido. El recuerdo vivido se sentía aun pasados cinco años.

Joel entrelazó sus dedos con los de ella.

-Está bien… bueno. Gracias, llámame tan pronto sepas algo más- el bajó el teléfono y gruñó. El corazón de Nan palpitaba rápido.

-¿Qué? ¿Qué es? ¿Es ese psicópata que apuñalo a Quilla? ¿Qué?

Joel sacudió su cabeza.

-No, no… no es eso. Una chica ha sido asesinada, una tenista alemana en la Copa Davis en el encuentro en Paris. Dios… Nan…

Nan vio miedo en sus ojos.

-¿Qué es, bebe? ¿Qué pasó?

Joel cerró los ojos.

-Es Skandar. Ha sido arrestado.

Confía en Mi

Créeme

Parecía que Skandar, aun tras los barrotes de la cárcel, podía escuchar el bullicio de los reporteros que estaban, sin duda, fuera de la estación policial romana, sedientos por lo que podía ser la noticia más grande del año.

Annika Hahn ha muerto, asesinada, y Skandar Mallory ha sido detenido. Se lo repetía una y otra vez, aun no podía asimilar lo que había sucedido. Annika estaba muerta. La tenista alemana de solo diecinueve años. Muerta. No parecía posible.

Pero tampoco lo hizo. Skandar siendo despertado temprano en la mañana por la puerta del hotel siendo pateada, armas apuntándolo y policías gritándole en italiano.

La puerta del otro lado de la celda se abrió, y su padre salió, lucía consternado, molesto, asustado… todo lo que

Skandar estaba sintiendo justo en ese momento. El oficial de policía junto a Joel abrió la celda y asintió hacia Skandar para que saliera bajo Fianza.

Se lanzó a los brazos de su papá, y Joel abrazó a su hijo.

-¿Estás bien?

Skandar sacudió su cabeza.

-No sé qué mierda está pasando, papá. Annika está muerta.- Joel lo silenció con una mirada.

-Después.

Skandar notó a una mujer rubia, parada torpemente detrás de su padre. Joel la introdujo.

-Skandar, ella es mi novia, Nan.

La mujer tenía un rostro amable, y ella colocó una mano en el brazo de Skandar.

-Es un placer conocerte, aunque no sea en las mejores circunstancias.

Joel estaba inquieto. —Vamos, salgamos de aquí, tenemos una suite en el Hassler.

En el taxi, hacia el hotel, Skandar miraba por la ventana con los ojos hundidos. Él sentía como si alguien hubiese tomado un bate de baseball y lo hubiese golpeado en la cabeza. Joel, no era el padre más efusivo, sin embargo, tenía su brazo casualmente envuelto en la parte superior del asiento, sus dedos descansando parcialmente en el hombro de su hijo. En el hotel se encontraron con unos cuantos paparazzis, ellos se estacionaron afuera del encantador edificio y se escabulleron por la entrada de la cocina.

Skandar levantó ambas cejas ante la opulencia de la suite que Joel había conseguido para ellos. Joel sonrió.

-Fue idea de Jakob, da la impresión de que tenemos muchas influencias y posibles sobornos sin decir palabra alguna.

Skandar resopló.

-Jakob es un genio- sonrió para su padre —me pareció que era muy ostentoso para ti- miró a Nan —probablemente se está luciendo para ti.

-Está bien, es suficiente- Joel rodó los ojos y Nan se rio, pero luego su sonrisa vaciló. —Skandar, siéntate. Pediré algo de comida y luego… vamos a hablar.

-Hahn, de diecinueve, fue encontrada estrangulada en un hotel lleno de sus compañeros. Más de un testigo dice que vieron a Hahn entrar a la habitación de la superestrella del tenis Estadounidense, Skandar Mallory, horas antes de que su cuerpo fuera encontrado. Mallory, quien es sobrino del actor Kit Mallory, fue arrestado y luego liberado bajo fianza. No tiene cargos sobre el pero se le ha notificado que se debe quedar en Roma hasta que las investigaciones hayan concluido. Harry Aries, nuestro reportero desde Roma. ¿Harry?

Nan apagó la televisión y agarró su teléfono. Mientras sonaba, ella golpeaba su pierna con sus dedos.

Demasiado estrés, ha cambiado mucho en un abrir y cerrar de ojos. Ella se había ofrecido a venir con Joel al ver cuán devastado estaba por las noticias… sin darse cuenta, hasta ahora, de lo mucho que tenía que lidiar.

Skandar estaba en problemas, serios problemas.

-Yo- su hermana sonaba somnolienta, y Nan se sintió culpable por llamarla, pero Joel y Skandar estaban con la policía y ella estaba inquieta.

-¡Eh, tú! Lo siento, ¿te desperté?

-Está bien, espera- Nan oyó como Hayley tosió y luego el susurro de las mantas mientras se sentaba. -¿Cómo van las cosas? ¿Sacaron a Skandar de la cárcel?

Nan suprimió una sonrisa. Incluso millones de kilómetros lejos, Hayley aun podía animarla.

-Sí, lo liberaron. No le pregunté mucho a Joel, ha estado un poco triste por todo. No es mi problema. Skandar está neurótico con el tema… bueno, es difícil de decir, ya que nunca lo había visto antes, pero definitivamente está en problemas.

-Sin embargo… él no lo hizo, ¿verdad?

-Por supuesto que no. Skandar admitió haber dormido con Annika, pero dice que lo dejó después de un par de horas.

-¿Y Joel lo está tomando bien?

Nan suspiró. —No lo sé, escucha, todo ha sucedido tan rápido, ¿estás segura de que estás bien ahí?

-Claro que sí, tengo a la pizzería en marcación rápida y Netflix, estoy perfectamente. Pero…

-¿Qué?

-¿Estás segura de que quieres involucrarte tanto con esa familia? Sé que Joel es genial y un gran hombre pero por lo que me has dicho… él es la excepción.

Nan frunció el ceño.

-No me refería a que los demás sean inferiores… solo que están más enfocados en lo que hacen. Skandar en un buen chico, un poco arrogante y descuidado pero…

-Lo que digo- Hayley murmuró —Incluso si él no lo hizo, él tiene una reputación que va a manchar, ¿o no?

Nan no podía contradecir eso. Después de haberse despedido, maravillada por la suite, se sintió fuera de lugar. Tal vez debería volar a casa, dejar a Joel para hacer frente a la difícil situación de su hijo.

La puerta se abrió, y Joel le sonrió, su rostro estaba cansado.

-Hola, preciosa.

-¿Cómo te fue?

-Bueno- se dejó caer en el sofá y Nan se sentó junto a él, entrelazando sus dedos con los de él. —No tienen evidencia física para demostrar que Skandar tiene algo que ver con lo que le pasó a la chica. El problema es que tampoco tiene evidencia física de que alguien más la mató. Hasta el momento todo se reduce a la palabra de dos testigos; que por cierto, ya descartaron. No son parte del torneo y nadie parece saber quiénes son, ni el hotel, nadie. Por lo tanto, en este momento, Skandar es el único sospechoso ya que fue el último que la vio con vida.

-Aparte de su asesino- añadió Nan suavemente y sonrió.

-Aparte de ellos- Joel suspiró y apoyó su cabeza en el sofá. —Otro problema es la prensa quienes están tratando de acercarse a Skandar; va a ser crucificado sin importar el resultado de la investigación.

-¿Dónde está ahora?

-En la piscina, dando una vuelta. Carlos, quien tan aterrorizante como parece, le gritó después de la entrevista policial. Lo están reemplazando del equipo.

-¿Temporalmente?- pero ella ya sabía la respuesta. Joel se inclinó para besarla.

-Gracias por venir conmigo, Nan, contigo lo hubiese tomado diferente.

Ella le dio una sonrisa tímida.

-No he hecho nada; desearía poder hacerte sentir mejor. Joel dio una pequeña sonrisa pícara.

-Bueno… se una manera en la que podamos relajarnos por unas horas.

Nan rio -¿Horas? Eso es ambicioso.

Él sonrió –Dale a un viejo chico un descanso. Sería una lástima desperdiciar esa enorme cama, ¿no lo crees?

Nan presionó sus labios contra los de él.

-¿Por qué? Sí, lo sería. De hecho, lo sería.

Skandar se impulsó fuerte y más fuerte en la piscina hasta que por último, exhausto, se salió. Al menos la piscina estaba fuera del alcance de la prensa. Su publicista, Zoe, una persona de negocios con carácter muy fuerte y con el rostro de un ángel, tenía previsto viajar mañana por la mañana para iniciar una estrategia. Diablos, una estrategia. Annika estaba muerta y él estaba pensando en una estrategia de relaciones públicas. ¿En eso se había convertido?

Él podía recordar aun la forma en que sus labios se sentían contra los de él. Ella era tan divertida, tan llena de vida. Dios. Él se concentró, recordando como su atlético cuerpo se curvaba contra el de él, la manera en que su piel se sentía con la de él, como gimió cuando se terminó… él había tenido un pequeño enamoramiento con ella cuando ella explotó en el mundo del tenis dos años antes. Pero, claro, él tenía que jugar a ser el chico genial. Él dormía sin vergüenza alrededor, igual que cualquier joven lo haría y ciertamente sus tácticas no eran angelicales. Pero él era Skandar Mallory, superestrella, multimillonario, el profesional más caliente del mundo, y El Hombre Más Sexy del Año según la Revista People (pateando a su tío Kit al segundo lugar, eso era satisfactorio, sonrió para sí). Su sonrisa se desvaneció. Mierda, pensó ahora, ¿Cómo llegue a pensar que todo eso importaba? Annika está muerta. El apretó sus ojos cerrados, tratando de que el dolor no lo abrumara. Lo que él quería, más que nada era volver a casa y encerrarse en su gran apartamento. Con una punzada en su estómago se dio cuenta que, incluso si los cargos se habían eliminado, y podía volver a Estados Unidos, la prensa no lo dejaría tranquilo.

Skandar volvió a subir a su habitación y cerró la puerta. Se lanzó en su cama y tomó un respiro. Carlos estaba tan cerca de renunciar; aunque el argentino haya firmado por un contrato que abarcaba seis meses con Skandar, él tenía el presentimiento de que el hombre lo desecharía como a una piedra si llegara a pensar que su propio legado podría ser contaminado. Al diablo con él, Skandar pensó, si él es tan ruin, a buena hora se va.

Necesitaba una distracción. Agarró su iPad y entro en el foro de ciencia ficción en el cual él era un miembro secreto. Su nombre de usuario era torpe, lo eligió cuando tenía quince años, SkunkMaladyBible. Siempre lo había hecho sacar una sonrisa. Entro y revisó quienes estaban en línea. Cerró las conversaciones con varios ñoños cibernéticos, los que corregían a todo el mundo si llegabas a decir algo ligeramente erróneo referente a la ciencia ficción, esos estaban locos. Skandar sonrió de repente.

Este era más como él, Samadamadingdong estaba en línea.

-Si- siseó Skandar emocionado y comenzó a escribir.

SkunkMaladyBibble: Hey, Dingdong, ¿Cómo está todo?

Samadamadingdong: Hola, Bibs, ligeramente distraída. Bien, gracias, solo tratando, y fallando obviamente, de enfocarme en un papel. ¿Dónde estás esta vez? ¿Marte? ¿Júpiter? ¿Atlantis?

SkunkMaladyBibble: ¿Podrías creerme que estoy en Urano?

Samadamadingdong: ¿Por qué? ¿Por qué irías hasta allá? Me disgusta tu obvio chiste.

SkunkMaladyBibble: Pero estás riéndote, ¿verdad?

Samadamadingdong: Sí, me estoy riendo. Me juzgo a mí misma

Skandar sonrió para sí mismo. Si, esto era lo que necesitaba, tonterías y burlas sin adulterar con su amigo en línea favorito. Habían acordado al comienzo, no nombres reales o detalles, sin vínculos, sin vocabulario ofensivo. Hacía ya un par de años que habían comenzado el chat, él sabía que era una vía que recurría varias veces en las que necesitaba salirse del mundo real, escaparse.

De extraños a amigos, él pensó en el poder de la internet, y luego siguió hablando con ella un rato más.

Nan recostó su cabeza en el estómago de Joel, sintiendo como subía y bajaba al compás de su respiración. Ella adoraba esos momentos después de haber hecho el amor, calmado, pasivo y juntos. Él tomó su mano, lo cual siempre la hacía sentirse mimada. Este hombre, pensó, este hombre se siente como mi hogar.

-Si tenemos esperanzas, es posible que, en un par de días, la policía nos dejará llevarnos a Skandar a casa- dijo Joel, quien ahora parecía estar sumergido en sus pensamientos —Luego, tal vez, los dos podrían ir a quedarse en mi casa, él obviamente no puede ir a la de él.

Nan volteó su cabeza para encararlo.

-Tal vez no es una gran idea quedarme contigo. Tengo que considerar a Hayley, si la prensa empieza a indagar sobre mí por ser tu novia entonces no la quiero meter en esto. ¿Tiene eso sentido?

Joel consideró. —No había pensado en eso.

Ella apoyó su barbilla sobre su mano, la cual estaba encima de su abdomen.

-Sé que tienes, probablemente, toda la seguridad cubierta, y si fuera solo yo, entonces, ¿Cómo fue que tu papá dijo?, conduciría hasta fuera de la tormenta contigo- ella sonrió cuando el apretó su mejilla —pero Hayley nunca pediría esto…

-Lo entiendo, mujer- él se empujó a sí mismo para sentarse y luego la atrajo hacia él. —Esto es más complicado de lo que esperábamos. Sin embargo, gracia a ti lo he sabido sobrellevar él la beso en la frente —hablo en serio Nan, no podría haber hecho frente todos estos últimos días sin ti.

Nan enrojeció como tomate hasta las raíces de su cabello.

-No hay problema… es…- ella vaciló y bajó la mirada hasta sus manos —es lo que haría por cualquier persona que amara- su corazón latía con fuerza golpeando sus costillas, y cuando él no reaccionó de inmediato, ella se arriesgó a mirarlo. Sus ojos pasivos.

-Exactamente como yo a ti, bella- el murmuró y Nan se sintió una oleada de alivio a través de ella. Él la amaba. Bien, ella pensó, gracias a dios.

Porque estoy empezando a amarte bastante.

En las noticias de última hora, el tenista Skandar Mallory le han dado el permiso de regresar a los Estados Unidos por la policía Italiana que investiga el asesinato de la joven de diecinueve años de edad, Annika Hahn, la jugadora de la WTA ocupaba el décimo quinto puesto en el mundo, y fue asesinada brutalmente en el hotel donde los jóvenes tenistas se estaban hospedando la semana pasada. Mallory, el nieto del hombre de negocios y filántropo más rico de Seattle, Randall Mallory, fue arrestado pero no se le acusó con ningún cargo de ningún crimen. El chico de veinticinco años fue visto con la Señorita Hahn en la noche de su muerte. La policía italiana dice que el señor Mallory entiende que él puede ser extraditado de regreso a Roma si se hubiere cargos formales en el futuro.

Skandar sintió como besaba el piso de Washington mientras volvía a Seattle. El vuelo de Italia había consistido en esquivar a la prensa, lo que significó que hubo cambios y escalas de más en otras partes del mundo antes de volver a casa. En lugar de la ruta transatlántica que usaban de costumbre, Joel eligió la ruta más larga, a través de Europa y Asia y, finalmente, a través de Anchorage hasta Seattle. Ellos habían enviado a Nan un día antes que ellos salieran de Roma para que la prensa no se acostumbrara a verlos juntos o a seguirlos a su casa. Tuvo que admitir que había visto partes del mundo que nunca había visitado, pero para eso les tomó cuatro días, y el y su papá estaban exhaustos y hartos de la comida rápida a extrañas horas de la noche.

Su abuelo, Ran, había dispuesto un auto con su chofer para recogerlos y se dejó caer en el asiento sintiendo el aire acondicionado, y ambos, después de ellos, se quedaron dormidos.

De alguna manera, habían llegado a la casa de su abuelo por que el único pensamiento cognitivo razonable que tenía era que estaba en una suave cama, y que era tarde de nuevo. Se despertó y después de un par de minutos se encontraba bajo una refrescante ducha, suspirando con alivio al sentirse vagamente normal otra vez.

Escuchó voces bajo las escaleras, en el comedor, y siguió el sonido. Encontró a Ran, Joel, Nan y Quilla sentados comiendo pizza directo de la caja, él amaba que su multimillonaria familia no tuviera gracia, y una chica que él no conocía, largo y lacio cabello rubio, ojos grandes color café y largas, muy largas piernas. Jakob estaba en su teléfono al otro lado de la habitación.

Quilla se levantó para abrazar a Skandar

-¿Estas bien, insecto?- ella enrolló sus brazos alrededor de él, una hazaña cuando se paró un pie más alto que ella. El la abrazó y la levantó para balancearla. Ella reía mientras él la volvía a poner en el piso.

-Bueno, estas mejor. Ven a sentarte.

Nan se inclinó para dejar un beso en su mejilla.

-Skandar, ella es mi hermana, Hayley, ella no necesita que le diga quién eres.

-Por poco. Hola, Skandar.

Le gustó que ella no le hubiese dado la mirada de superestrella, la reacción a la que estaba acostumbrado, y eso era un alivio. Si ella era tan agradable como Nan entonces... se sentó junto a ella.

Como si ella hubiese estado leyendo sus pensamientos, sonrió.

-Si te estabas preguntando si seré tan dulce y confortante como mi hermana, estás en un error. Voy a burlarme sin vergüenza de ti como si nos conociéramos desde siempre.

Skandar rompió en risas. Ran, que estaba hasta el otro lado de la mesa, se rio.

-Se lo dijiste, Hayley.

Jakob terminó su llamada y volvió a la mesa.

-Hola, Skan, estoy feliz de verte, hermano.

-Hola, Jakob, ¿Cómo está todo?

Jakob intercambió miradas con Quilla quien sonrió.

-Bueno, tenemos una noticia.

-Oh, mi dios, estás...- comenzó a decir Nan pero Quilla la silenció con un movimiento de manos.

-No, dios, no, nada de eso. Joel… ¿recuerdas que hablaste con Jakob acerca de construir un centro de deportes para la comunidad en Seattle sin acceso? Bueno, creo que encontramos el primer sitio.

Jakob le sonrió a su amada.

-Quilla ha estado buscando lugares en sus horas de almuerzo, no puedo permitir que alguien diga que esta mujer no se compromete.

-Eso es genial… Vaya, ni siquiera había pensado más allá de la idea inicial pero, maldición, Jakob, Quilla, es increíble.- Skandar miró a su padre desconcertado.

-¿Qué es esto?

-Tu padre va a construir un Centro Deportivo para la comunidad- Nan dijo con orgullo en su voz. Skandar sonrió.

-Vas a encontrar al nuevo… um… ¿yo?

Hayley resopló, y Nan le frunció el ceño. Skandar levantó una ceja y Hayley se encogió de hombros.

-Lo siento, solo avisando que eso era la burla que estaba hablando.

-Hayley- la voz de su hermana cargaba una advertencia, pero Skandar sonrió.

-Eres una chica rara- le dijo a Hayley quien sonrió con su boca llena de pizza.

Pronto se dividieron en grupos y Skandar y Hayley se salieron para jugar con los perros. Él la vio adivinando su altura mientras corrían alrededor. Ella era alta, casi seis pies, el adivinó, delgada pero no flaca. Su largo y rubio cabello caía como una cortina alrededor de su torso y su cabeza estaba cubierta con un gorro de lana. Su cuerpo esbelto estaba vestido con pantalones ajustados y una camisa suelta. Skandar se dio cuenta de que estaba mirando, y ella también se había dado cuenta. El sonrió con aire de culpabilidad mientras ella ponía su mano en su cadera y adoptaba una pose.

-Sé que es imposible para ti no mirar, con todo esto al frente- ella movió su mano de arriba abajo apuntando a su cuerpo, luego rio –Chico, somos prácticamente hermano y hermana.

El la siguió hasta unos columpios que estaban allí desde que su padre era un niño.

-¿Cómo puedes llegar a esa conclusión?

-Bueno, si mi hermana y tu padre están saliendo… oh, me equivoqué; soy tu tía, así que compórtate- puso una cara seria, que rápidamente cambió a una cara de pato. Skandar sonrió.

-Amiga- pareció no haberle molestado que la llamara amiga, por lo que corrió el riesgo –eres tan diferente. Vamos, en serio, háblame de ti.

Hayley se balanceó ligeramente hacia atrás y adelante en el columpio.

-¿Qué quieres saber?

-¿Trabajas?

Ella asintió.

-Parcialmente en una tienda de historietas del centro. Estoy en el colegio la mayor parte del tiempo.

-¿Y estudias…?

-Psicología del deporte

-¿En serio?

-No.

-Tonta. Vamos, ¿Qué estudias?

-Arquitectura.

-El campo de Jakob, podría ayudarte un poco.

-Tengo la intención de exprimir su cerebro. Su novia es
un amor.

-Quilla es un melocotón. Si, aun así es difícil creer lo que
le pasó.

.Esa noche fue cuando mi hermana conoció a tu padre.
En el hospital.

Skandar levantó las cejas.

-¿De verdad? Movimientos lentos, pa, besando a los
pacientes mientras la novia de tu hermano está sangrando
a muerte.

Hayley hizo una mueca y rodó los ojos.

-Nan no era la paciente, yo lo era, y él no estaba besando
a nadie.

-Ya, era broma, ¿Por qué estabas allí?- Hayley no quiso
responder por un segundo, y una marea de razones locas
pasaron a través de su cabeza. Entonces ella se encogió
de hombros.

-Versión rápida, me emborraché, me subí a un auto con
otro borracho, perdió el control. Solo conseguí cortes y
contusiones sin importancia y por suerte no hubo
cargos.- ella lo miró y, por primera vez, él vio su lado
vulnerable.

-Oye- dijo suavemente —No te voy a juzgar. Todos
hemos hecho cosas tontas.

Permanecieron en silencio por un momento. La noche
era suave y una brisa fresca soplaba a lo largo de la
propiedad.

-Y bueno- la voz de Hayley era vacilante -¿quieres hablar de ello? Estaba pensando en alguien como de tu edad, no familiar, tal vez...

Skandar le sonrió de lado.

-¿No me acabas de decir que eras mi tía?

Ella no sonrió. —Skandar...

El volteó la mirada.

-Yo... diablos, no sé ni siquiera que decirte. Annika y yo habíamos estado coqueteando hace tiempo, sabes. Ella nunca supo esto, pero tuve un gran enamoramiento por ella durante años. Claro, siendo un idiota, nunca la dejé saberlo, jugaba en la cancha, tratando de ponerla celosa. Funcionaba. Ahora...- el sacudió su cabeza —desearía no haber esperado. Pensé que teníamos todo el tiempo.

-Lo siento.

Skandar miró como los perros estaban ocupados desenterrando la preciada cama de rosas de su abuelo.

-Era una chica muy dulce, ¿sabes? ¿Por qué alguien querría hacerle eso...- se interrumpió, mirando al interior de su casa y viendo como su familia hablaba y reía —ellos piensan que todo va a estar bien, que puedo decir.

-Eso te dará algo de confianza.

-La verdad no lo sé. Una parte de mí siente que debo ser castigado por no haberla protegido.

Hayley estaba en silencio. -¿Estuvieron mucho tiempo juntos?

Skandar sacudió su cabeza.

-Solo esa noche. Estuvimos coqueteando durante toda la cena, entonces esa noche, fue a mi habitación. Dijo que estaba cansada de esperar.

-¿Y por qué se fue entonces?

Skandar se empezaba a ver desolado. –Carlos Sosa. Me tiene en un estricto régimen de no carbohidratos, no sexo, no diversión. Él me llamó esa noche, dijo que me iba a ver esa noche, así que tuve que echarla. Si no lo hubiese hecho estaría viva ahora. Dios.

Él puso su rostro en sus manos, tratando de no gritar. Hayley estaba callada, dejándolo que se calmara solo. Él levantó la vista unos momentos después, con ojos enrojecidos.

-Gracias por escuchar. No nos conocemos, pero ha sido bueno.

Hayley, nunca tímida, agarró su teléfono de su bolsillo trasero y guardó su número.

-Llama cuando quieras. Si solo quieres gritar y maldecir, llámame, conduciremos hasta una montaña hasta encontrar un sitio callado y gritaremos y maldeciremos todo el contenido de nuestros corazones.

Ella subió su mano para que él chocara las cinco el cual él se lo devolvió y agarró su teléfono de vuelta.

-Estoy empezando a tener frio, así que voy a entrar, ¿vienes?

-En un segundo- él se quedó viendo como caminaba hasta el interior de su casa. Buena chica, él pensó. Una buena chica real.

Pensó que podían convertirse en su amiga más adelante.

Quilla Chen descansaba su mano en el muslo de Jakob mientras conducía de vuelta a su departamento, contemplando las luces de la ciudad. Ella escuchó un suspiro proveniente de Jakob y se volteó para verlo. Sus cejas fruncidas y sus ojos inquietos.

-¿En qué piensas?- ella le acarició el cabello hacia atrás por encima de su oreja. Jakob le dirigió una sonrisa, pero se desvaneció, el negó con la cabeza.

-Es Skandar, el chico podría meterse en problemas.

-Para ser justos- dijo suavemente Quilla –él no hizo nada malo. En efecto, escuchando a Joel y a Nan decirlo, me parece muy extraño todo. ¿Haz considerado a alguien que quiera enfrentarlo? ¿Un rival?

Su mirada se volvió afilada y entonces, notó que no lo había considerado.

-Solo te estoy dando un ejemplo- trató de conseguir una sonrisa pero sus ojos seguían fuertes. -¿Qué? No era mi intención molestarte.

Su rostro se suavizo.

-Nunca podrías molestarme, hermosa. Solo que no lo había pensado… hablemos de esto en casa, solo dame cinco minutos, no quiero estar conduciendo cuando hablemos de esto.

Confundida, Quilla asintió, pero veinte minutos después ella entendió. Estaban sentados en la sala, las luces apagadas, y mientras Quilla se quitaba los zapatos y cruzaba las piernas debajo de ella, Jakob dijo una palabra que hizo que su piel se erizara y su estómago se revolviera.

-Gregor.

Quilla sintió como su sangre subía hasta su rostro. -¿Qué? Jakob, viendo su angustia, se sentó junto a ella tiró suavemente de ella para ponerla debajo de su brazo. –Es solo una teoría- dijo, besando su sien —pero, aun no lo hemos encontrado, la policía no la ha encontrado. Si él cree, y dios, ni siquiera me gusta lo que voy a decir, si cree que no tuvo suficiente con vengarse de mí, él podría ir detrás del resto de la familia. Es sabe que no puede acercase otra vez a ti.

Quilla no dijo nada, el apretó su brazo alrededor de ella.

-Lo siento, cariño. Puede ser que esté siendo muy paranoico, pero vale la pena pensar que lo es, ¿verdad?

Ella asintió —Dios, si, cualquier cosa para ayudar a Skandar. Soy un año menor que él, pero siento que soy una mamá oso cuando estoy cerca de él.

-Eres un alma vieja, Quilla Chen. Otra cosa que me hizo pensar esta noche

-¿Qué es?

-Cuando Nan pensó que estabas embarazada.

Quilla rio. -¿Por qué es que cada vez que una mujer dice que tiene noticias siempre presumen que está o embarazada o comprometida? Puedo estar subiendo el Everest o…- pensó un poco —dándole un enema a una ballena azul.

Jakob sacudió su cabeza, aun riendo.

-Solo tú podías pensar algo así. Me refería a que… por un pequeño segundo cuando Nan pensó que estabas embarazada, una parte de mí quería que respondieras Actualmente sí, entonces, por supuesto, me puse a pensar y… ni siquiera hemos tenido esa conversación.

Quilla mordió su labio. -¿Hemos estado juntos, por cuanto hasta ahora? ¿Seis meses? ¿Piensas que es muy

pronto? Digo, hablarlo, de forma abstracta, sí, pero…
aun no estoy lista para tener hijos todavía.

Jakob asintió. -¿Cuál fue mi primer pensamiento? Hay
veintitrés años de diferencia entre nosotros Quilla.
Supimos enfrentar eso con facilidad hasta ahora, pero
tienes que considerarlo.

Quilla de repente sintió como sus lágrimas amenazaban
por salir.

-Te amo, no quiero estar con nadie más.

El la besó tiernamente.

-Yo tampoco, esto es para mí. Pero, para ser honesto…
tener hijos nunca ha estado en lo alto de mi lista. No
quiero llegar a un punto donde esto se convierta en un
problema, hay que hacerle frente.

Quilla asintió, con la garganta espesa. Se acurrucó en su
pecho para que no viera la tristeza en sus ojos.

Ella había pensado en tener hijos, lejos en el futuro, sí,
pero sus hijos, de ojos verdes y hermosos. Esa revelación
la golpeó en su interior. Sin niños. Ella oyó como
suspiraba, sintió su pecho subir y bajar bajo su mejilla.

-De todos modos, hermosa, tengo una reunión temprano
así que…

En la cama hicieron el amor lentamente y, más tarde,
cuando Quilla se había quedado dormida, Jakob se
deslizó fuera de la cama y fue a la sala de estar. El sueño
lo había estado evitando últimamente y justo ahora estaba
sintiendo la acumulación de las noches sin dormir. La
razón era simple, y se lo estaba guardando para sí mismo,
estaba seguro de que Gregor estaba llevando a cabo una
campaña en contra de su familia. Después de que Quilla

se había estabilizado, el cirujano le había pedido hablar en privado.

-La herida de arma blanca no es profunda, ni lo suficientemente violenta como para causar una hemorragia. Los que me han descrito el hecho… suena como si el atacante hubiese tenido la intención de herirla, no de matarla. Si él estaba de pie junto a ella, él pudo fácilmente haberla apuñalado varias veces en pocos segundos y profundamente también. Pudo haberla matado fácilmente, pero no lo hizo. No entiendo cuál era su motivo.

Durante un tiempo, Jakob tampoco supo cuál era el motivo. No fue hasta que le llego un correo eléctrico con una dirección IP anónima, lo sabía.

La próxima vez, ella muere.

Era una advertencia, una desagradable advertencia, pero solo eso. Gregor no pararía hasta que derrumbara a Jakob y a su familia. Lo cual es porque, esa noche, cuando Quilla teorizó que alguien estaba inculpando a Skandar, las piezas tomaron su lugar.

Jakob miró el reloj. Un poco después de la media noche. Sabía que su padre seguía despierto, leyendo. Agarró su teléfono, luego, vacilante cruzó la habitación y vio si Quilla aún seguía dormida. Su rostro descansaba en la almohada, sus ojos cerrados, su cabello desordenado alrededor de ella. Tan hermosa. Jakob se recostó en el marco de la puerta y miró su respiración por unos momentos. Te amo, Quilla Chen, tanto, tanto.

La próxima vez, ella muere.

Jakob tragó el nudo de miedo que tenía en la garganta y fue a llamar a su padre.

SkunkMaladyBibble: Hola, boo

Samadamadingdong: ¿Qué pasó? Estás en línea tarde esta noche.

SkunkMaladyBibble: Tuve un día extraño. Conocía a alguien.

Samadamadingdong: Wow, ¡no me digas!

SkunkMaladyBibble: No así. Ella es solo la persona más genial, aparte de ti, por supuesto.

Samadamadingdong: Soy solo tu amiga imaginaria. ¿Cómo es ella?

SkunkMaladyBibble: Divertida, inteligente, hermosa. Y alguien que creo que podría ser una amiga de verdad algún día. Desearía poder decirte más.

Samadamadingdong: Sabes las reglas. Pero me alegra de que tengas a alguien así, hermano. Creo que también he conocido a alguien…

SkunkMaladyBibble: Seguramente por fin alguien te soportará.

Samadamadingdong: Nah, es muy pronto como para decir algo seguramente. Cuando y si las cosas progresan entre otras cosas. Él está en problemas, al menos un poco.

SkunkMaladyBibble: Malas noticias. Pero sé cómo se siente así que no lo juzgues.

Samadamadingdong: Juez es mi segundo nombre.

SkunkMaladyBibble: A veces desearía que de verdad estuvieses aquí así pudiésemos hablar de verdad.

Samadamadingdong: Lo sé, yo igual, pero entonces no tendríamos el lujo de decirnos nuestras cosas más oscuras sin el miedo de que nos recriminemos o expongamos.

Dios, eso es muy profundo para esta hora de la noche.

Pipí en frasco

SkunkMaladyBibble: Lunática.

Samadamadingdong: Si, hermano.

SkunkMaladyBibble: ¿Qué mierda? Es esa alguna personita hablando que no conozco?

Samadamadingdong: Si, hermano.

SkunkMaladyBibble: De todos modos, probablemente debería ir a dormir. Solo quería revisar.

Samadamadingdong: Si, hermano.

SkunkMaladyBibble: Detente con eso. Dulces sueños.

Samadamadingdong: Igualmente. Buenas noches, amigo.

Skandar esperó hasta que su auto fuera traído hasta la parte de atrás de la casa. Su abuelo, tenso y ansioso negó con la cabeza mientras lo miraba.

—Esto realmente no es una buena idea.

—Me volveré loco. Abue. Solo me siento aquí escuchando a Zoe haciendo presentaciones y declaraciones de lo que debo hacer, esperando a que los italianos me lancen la bomba. La prensa ya me está masacrando. Tengo que salir, al menos solo unas horas.

Ran suspiro. —Solamente, no metas a Hayley en nada de esto. No quiero que acosen a las chicas. Y si Jakob esta en lo correcto, si todo esto en un plan de Gregor Fisk, no quiero que lastimen a Hayley o a Nan también.

Skandar levantó su mano.

-Es por eso que hemos planeado hasta el más pequeño detalle. Hayley me verá allá.

-Vas camino a lo más alto del volcán, Skandar, ¿en un centro de visitantes?

-Exactamente. Nadie pensará en buscarnos allá. Además, tienen un excelente café en ese pequeño centro.- Skandar, aun siendo tan rico atravesando todos sus sueños, tenían aun lo suficiente de su padre en él que seguía disfrutando una buena taza de sopa hecha en casa de un pequeño café. Ran asintió. Su nieto lo había hecho intencionalmente, siempre había sido así y además; era un adulto.

-Está bien, pero cualquier indicio de paparazzis, salen de allí.

-Igual que el correcaminos, Abue. Lo prometo.

Pensando en lo que dijo su abuelo, Skandar se sintió sorprendidamente complacido al ver a Hayley esperando por él. Su pulso se aceleró, su estómago se puso cálido cuando la vio, su gorro regular de lana en su cabello, pero esta vez estaba todo recogido, sus piernas delgadas ajustadas en sus pantalones y sus botas habituales. A esta altura en Mt. Rainier, incluso en verano, la nieve caía sin descanso, el lugar estaba densamente poblado y la nieve se elevaba sobre la poca gente que se arremolinaba alrededor.

Hayley lo miró saludándolo mientras el estacionaba el auto y salía. Ya ellos se sentían como verdaderos amigos, desde la primera noche, hablaron por teléfono unas cuantas veces hasta muy tarde.

Ella lo abrazó, y Skandar se relajó dentro del abrazo, respirando la limpia esencia de su cabello.

-Ese es un buen y fuerte abrazo, señorita Applebee

-Oh, cállate- dijo ella rebosando de buen humor. -¿Podemos entrar? Hace mucho frío aquí.

Ellos hicieron fila con los demás visitantes, Hayley optó por una sopa de tomates y un chocolate caliente, Skandar agarró una ensalada para acompañar con su sopa y una botella de OJ.

Se ocultaron en un rincón lejano del restaurante, lejos de los clientes.

-Así que... ¿cansado de estar encerrado en el castillo?

Skandar asintió tragando una cucharada de sopa.

-Lo siento si te cansaste de escucharme quejándome de estar cautivo en una mansión de lujo. Eso y quería verte.-

Hayley respondió a eso con una sonrisa completamente inocente.

-Claro que querías verme.

-¿Cómo está tu hermana?

-Desesperadamente enamorada de tu padre, bastante repugnante en realidad.

Skandar rio.

-Cosas nauseabundas, supongo. ¿Qué hay de ti? ¿Has visto a alguien?

-Oooh, detalles. Bueno, sí y no. Sí, estoy viendo a alguien, no, no estoy saliendo con nadie.

Skandar, ignorando el aguijón que atravesó su cuerpo, sacudió la cabeza.

-Eso no tiene sentido.

Hayley rodó los ojos.

-Es complicado… su nombre es Tim; salimos hace un tiempo atrás, en el último año de la secundaria. Se presentó en la Universidad este año y nos hemos vuelto a conectar. Ahora quiere ponerme en la situación de decidir si somos parejas o solo amigos.

Skandar clavó un tomate con su tenedor con un poco más de fuerza de la necesaria, manchándose con el jugo que salpicó.

-Bien, y bueno… ¿Cómo te sientes tú?

-Extrañamente obligada- Hayley admitió mientras le daba una servilleta —Creo que es un caso de…

-Él está más interesado en ti que tú en él.

-Sí, y él es un muy buen chico así que…

Skandar apartó su plato. -¿Quieres mi consejo?

Hayley se rio, y Skandar sabía que ella estaba a punto de burlarse. —Solo lo digo como amigo; mereces algo mejor.

Hayley se encogió de hombros.

-La verdad es que… al menos que sienta una conexión real, de mentes, no puedo molestarme en considerarlo. ¿Entiendes lo que digo? En ese caso, sexo es solo sexo, no algo que valga la pena.

Skandar estaba sorprendido.

-¿Crees que así debería ser?

-Bueno, sí. Mira, soy de las que abogan por el dicho de "todo a su momento", no me malentiendas, pero siempre está el momento cuando una chica necesita conectar la mente así también como el cuerpo.

Skandar sacudió su cabeza, riendo.

-¿Cómo te convertiste en alguien tan inteligente a los diecinueve?

Hayley sonrió.

-Suenas como un anciano.

-Me siento como uno justo ahora.

Hayley alcanzó su mano.

-Skan, esto va a pasar, no hiciste nada malo, además, ellos ya admitieron que no tienen evidencia. En cuanto a lo doloroso que supongo que se siente, tienes que superarlo. Yo estaré aquí para ti, tienes a tú familia también, pero no es algo que podamos desaparecer.

Retorció los dedos entre los de ella.

-No sabes lo agradecido que estoy de que mi padre haya conocido a tu hermana, Hays

Ella sonrió y después, de golpe retiró la mano con suavidad. Skandar se sintió despojado pero lo ocultó con una sonrisa.

-Entonces… háblame más sobre ese asunto de mente/cuerpo.

Hayley sonrió con malicia.

-Te podría mostrar una o dos cosas, Mallory. Um, quiero decir que… se acabó la información- murmuró para sí misma, dando golpecitos en su sien, mientras Skandar se echaba a reír. El rostro de Hayley estaba rojo. —Sabes a lo que me refiero- ella esperó hasta que él detuvo su risa y su rostro volvía a su color normal. -¿Cuál es tu posición favorita, Skandar Mallory?

Skandar, con la boca llena de jugo de naranja, tuvo que tragar para contestar.

-¿Realmente quieres hablar de eso?

Hayley se encogió de hombros.

-Mira, me crie en un ambiente donde el sexo era tabú. No fue hasta que llegue a la universidad y leí La historia de O, y Anais Nan que me di cuenta de lo hermoso que el sexo podía ser, casi llegando a la forma artística.

Skandar se movió un poco incómodo, empezando a excitarse.

--Oye, ¿de verdad has pensado en abrir un orificio y pasar una cadena por ahí. En tu… cosita?

Hayley no hizo más que reírse.

-Primero, me impresiona que hayas leído O, y segundo, no. Pero liberó algo dentro de mí.

-Así que, como dijiste, te has 'conectado' con alguien que te ha dejado satisfecha de esa manera?

-Oh, nunca he dormido con nadie todavía, es solo una teoría.-lo dijo tanta indiferencia que le tomó un momento a Skandar para procesar lo que acababa de decir.

-Espera, ¿qué? Eres…

-¿Virgen? Sip

-Wow

-¿Por qué Wow?

Skandar parpadeó. -¿Alguna vez te has visto?

-¿Mi apariencia (buena o mala) que tiene que ver con ello?

Skandar no le contestó hasta después de un momento.

-Nada. Es solo que… hablas sobre sexo como si de verdad hubieses pensado en eso… así que ¿por qué?

-Te lo dije. Estoy esperando tener esa conexión. Y he estado pensándolo de verdad.

Skandar le sonrió. —De verdad eres alguien especial; ¿lo sabes?

Los ojos de Hayley se achicaron -¿Te estas burlando?

-Juro que no. Impresionado. Muy impresionado. Espero que con quien decidas dormir primero de verdad te merezca.

-Gracias. No respondiste mi pregunta.

-¿Mi práctica sexual?- le sonrió. El restaurante se había vaciado, y él se sentía más relajado.

-Bueno, está bien. Empezaré con mi historia. Perdí mi virginidad a los dieciséis. Nunca tuve ninguna relación seria, hasta que llego Annika. Esa fue la mejor noche de mi vida, mi vida sexual. Y por supuesto, la peor.- se sintió hueco de nuevo. Hayley le ofreció el resto de su chocolate.

-Está tibio ahora, pero ayuda, el azúcar ayuda.

El sonrió agradecido. -¿Podemos hacer esto de nuevo?

-Claro, en cualquier momento. La próxima vez, ¿podríamos ir a un centro comercial? Ahí hay pretzels y podríamos pasar el rato como adolescentes.

-Tú eres una adolescente.

-Solo mi cuerpo. En realidad tengo cuarenta y nueve años en madurez.

Él se rio. —Puedo creer eso. Y los pretzels suenan bien.

Skandar, en su viaje de regreso a la ciudad, se sentía más relajado de lo que se había sentido en semanas. Hayley Applebee era encantadora. Esa fue la única palabra que encontró que podía encajar con todo su ser. Y, mierda, tan solo si no lo hubiese excitado con su brutal honestidad al hablar sobre sexo. ¿Una virgen a los diecinueve en estos días? Ahora solo, se permitió a sí mismo para fantasear que besaba a esa linda y rosada boca, meter sus manos entre su largo cabello rubio, dejar que sus finos cabellos se retorcieran entres sus dedos. Imagino su alto cuerpo sobre él, sentada en sus piernas, sus pechos redondos y llenos moverse con cada salto que daba... Jesús, hombre, cálmate. No puedes enamorarte de la hermana de la novia de tu padre. Dios, era tan complicado. Aun así, él se sentía liviano, casi como drogado, una sonrisa plasmada en su rostro. Mientras volvía a la casa de su abuelo, aparcó el auto en la entrada principal sin apagar el motor, él sabía a donde realmente quería ir. A casa. En su condominio estaban todas sus cosas. Si, tal vez había paparazzis en la zona, pero ya habían pasado semanas, seguramente tienen mejores cosas que hacer. Sin nada más, necesitaba llevar más ropa. Con eso en mente, le dio la vuelta al auto y condujo de nuevo a la ciudad.

Hayley llegó a casa, y distraída, entró en la habitación de Nan sin tocar antes.

-Hola, oye, yo... oh dios...

Ella se dio la vuelta rápidamente al ver a Joel Mallory dándole placer oral a su jadeante hermana. A l verla, Joel en un salto se apartó de la cama y Nan dio un grito de shock.

-¡Lo siento, lo siento!- Hayley se fue a su habitación corriendo y cerró la puerta detrás de ella. Dios, nunca debí ver eso. Por suerte, Joel aún no se había quitado los pantalones, por lo que sus ojos se salvaron de ver a... mini-Joel. A pesar de eso, se rio, pero enderezó su rostro cuando su hermana tocó la puerta.

-Adelante.

Nan, con su rostro color escarlata y envuelto en una bata de baño, se sentó en la cama.

Hayley esperó un momento para finalmente preguntar. -¿Y Joel?

-Uhm, se fue.

-Bueno.

Por un momento evitaron mirarse la una a la otra, pero Hayley no pudo aguantar más, y su risa empezó a resonar en la habitación. Nan, al comienzo, la miró con ojos de horror pero pronto las dos estaban riendo histéricamente.

-Alto, alto… me duele la panza- declaró Nan después de unos momentos y Hayley arrastró un poco de aire a sus pulmones.

-Lo siento mucho, Nanny- dijo Hayley, usando el apodo de la infancia de su hermana. —No pensé que- sacó una sonrisa y empezó a cantar -Skyrockets in flight, afternoon delight…

Nan la golpeó en forma de juego.

-Pensábamos que estarías fuera con Skandar toda la tarde.

Hayley miró su reloj.

-Son las siete de la noche.

-Tal vez nos distrajimos un poco. ¿Cómo estuvo tu cita?

Hayley se levantó para buscar algo de comida. Nan la siguió hasta la cocina y Hayley agarró una caja de Pop Tarts.

-¿Quieres uno?- Nan negó con la cabeza. —No era una cita; somos amigos. Y creo que podemos llegar a ser buenos amigos. Así que no tienes que preocuparte, mami.

-No soy tu mami.- Murmuró Nan pero sonrió.

-No, no lo eres- Hayley de la nada tomó a su hermana y la abrazó —Eres mejor de lo que ella fue.

Nan le respondió el abrazo. —Tú también, trasero raro.

-Tú igual.

Hayley se levantó riendo. Agarró las Pop Tarts de la tostadora, maldiciendo mientras la azúcar caliente quemaba su dedo. Lanzó una al plato y se la extendió a su hermana.

-¿Cómo estaba Skandar?

-Divertido- dijo Hayley cuando mordió con cautela su postre. —Creo que ya está saliendo de la recesión. Desearía que se apresuraran y lo dejaran saber dónde está parado. Necesita olvidar a esa pobre chica y seguir con su vida.

Nan la llevó hasta la sala.

-Siéntate, necesito decirte lo que Joel me dijo.

Hayley sonrió con picardía. -¿Cómo podías oír? ¿Su voz no estaba… jadeante?

-Oh, ja-ja. Mocosa molesta. De todos modos, esta es la cosa… piensan que el caso podría estar vinculado con el ex socio de Jakob, el que atacó a Quilla. Parece que podría estar buscando venganza de toda la familia.

Hayley puso su Pop Tart en el plato.

-Bastardo. ¿Y todavía no lo han hallado?

Nan sacudió la cabeza.

-Tiene fondos ilimitados, puede esconderse donde sea, Además de que piensan de que tenía la intención de usurpar a Jakob y a los Mallorys durante mucho tiempo. Metiendo a Jakob en las drogas, lo encaminaba hasta los puestos aún más altos, posicionándose a sí mismo para quitarle el puesto. Cuando Jakob lo despidió, se volvió loco, o terminó de volverse loco. Gregor Fisk es multimillonario, y un corrupto en eso, puso haberle pagado a quien sea para hacer lo que sea. Lo cual explica porque las casas de los Mallorys parecen una fortaleza Knox ahora.

Hayley frunció el ceño.

-¿Le habrá dicho a Skandar algo de esto? Por qué ir solo a verme hoy, probablemente no fue la idea más sabia.

-Probablemente no, pero el chico tiene que vivir.

Más tarde, cuando Hayley se fue a la cama y encendió su iPad, había un email de Skandar.

Hoy fue un día grandioso, gracias. Hagámoslo de nuevo, ¿trato? S.

Ella se rio, respondió:

Trato hecho, también pasé un gran momento. Estoy aquí para ti cuando quieras. H

Ella se recostó y pensó en él. No cabía duda de que Skandar Mallory era extremadamente hermoso; su cabello rubio oscuro y corto nunca se vería mal, y a ella le encantaba lo desordenado que estaba, no hay nada menos sexy que un hombre que pasa más tiempo arreglando su cabello que su novia, su sonrisa torcida, su fanfarronería de niño pequeño. Le encantaba el hecho de que cuando él sonreía sus ojos se arrugaran tanto que estuviesen a punto de cerrarse. Dios. Un pequeño calor se disparó a través de su ingle. Si, esa sonrisa podría arruinar a una mujer, y él sabe muy bien que puede hacerlo, pensó ella. No caigas en su trampa.

No te enamores de Skandar Mallory.

Se había salido con la suya y por casi casi nada estaría recibiendo regaños de su abuelo, iba a perder un par de privilegios, pero Skandar ya estaba en su casa. Antes de encender alguna luz, cerró las cortinas, los drones que había, incluso en un condominio que estaba a lo más alto del edificio, podía ser monitoreado. El lugar olía a humedad, y había un eco de soledad. Estaba acostumbrado a no estar ahí por largos periodos de tiempo cuando estaba de gira, pero ahora se sentía diferente. Caminaba por el lugar tratando de volver a sentir se en casa. Este lugar había sido su consuelo, sueva, pero ahora…

No es el lugar, porque no ha cambiado; es que, pensó para sí mismo. El condominio parecía vacío, el infierno, su día parecía vacío, Hayley no está. Mierda. No quería complicar su amistad por sentir algo por ella; en serio no quería. Y aun después de lo que pasó con Annika, ahora era tímido y un poco paranoico.

Tomó una ducha y se fue a la cama, entrando a su sitio de ciencia ficción favorito para ver si Samadamadingdong estaba conectada. No. Mierda. Quería a alguien con quien hablar sobre Hayley. Hayley Applebee.

-Virgen- dijo en voz alta. Aun no podía creerlo, pero sabía que ella estaba diciendo la verdad. Pensó en lo que había dicho anteriormente y descargó Delta of Venus de Anais Nin para leer en la cama.

Y cuando se fue a dormir esa noche, soñó con Hayley en sus brazos, sudando, gimiendo y no más una virgen.

Quilla buscaba unos papeles mientras su jefe apagaba las luces de su oficina. Gerry le sonrió.

-Ya pasaron las siete, Quilla, anda a casa.

Ella sonrió, estaba en medio de un papeleo.

-Lo hare, solo quiero terminar esto antes del fin de semana. Jakob me pasará buscando en veinte minutos después de todo.

-Bueno, ten buenas noches.

El departamento de Artes de la universidad siempre estaba silencioso en las tardes. Ocasionalmente un estudiante podría aparecer por ahí a buscar suministros o pedir prestado algún equipo y siempre se detenían para entablar una conversación con Quilla. Ella era uno de los estudiantes graduados más populares, de esos a los que quieres pedirles consejos.

Esa noche, sin embargo, todo estaba muy silencioso. Bueno, me puedo concentrar, y luego de eso gimió al escuchar su teléfono vibrar. Sacudió la cabeza con pesar y agarró el teléfono.

-¿Hola?- Nada. Ella oyó un crujido al otro lado de la línea.

-Hey, no puedo oír, así que…

-Quilla.

Las palmas de sus manos empezaron a sudar. Gregor.

-¿Qué mierda quieres?

El rio. —Desde hace tiempo quiero pedirte disculpas por… haberte lastimado.

-¿Lastimado? ¡Me apuñalaste, hijo de puta!- estaba molesta ahora y su voz se elevó. -¡Y mataste a la jugadora de tenis!, a esa pobre chica, ¿Por qué?

Su risa le daba ganas de gritar.

-No, ¿Por qué querría hacer eso?- su voz falsa, ni siquiera estaba tratando de convencerla. Bastardo.

-Para encarcelar a Skandar, para castigar a la familia, porque eres un patético psicópata.

-Escúchame, perra- él escupió de repente y el cuerpo de Quilla empezó a temblar al escuchar el odio en su voz. –Dile a tu novio que no me voy a detener hasta que haya destruido todo lo que el ama. Todo y a todos, y ¿Quilla?

Ella no contestó, su garganta se había cerrado. Ella escuchó su respiración, fuerte y enfurecida.

-Dile que pronto, muy pronto. Porque cuando venga por ti la próxima vez, Quilla, me voy a asegurar que no sobrevivas a mi cuchillo otra vez.

La línea se cortó. Quilla estaba congelada, lanzó el teléfono sobre el escritorio, mientras aún se escuchaba el tono de marcado. No estaba segura cuanto tiempo había estado allí parada hasta que Jakob la vino a buscar que pudo moverse. El la miró aterrorizado, y corrió hasta ella encerrándola entre sus brazos.

-¿Qué paso, amor? ¿Qué pasó?

Ella balbuceó algo mientras él apartaba el cabello de su rostro.

-Lo siento, cariño, no te entendí.

Ella lo encaró. –Dije que él va a matarme.

La policía había sido amable, pero Jakob podía ver que no había esperanzas. Gregor estaba en el viento. Quilla les dijo de su acusación, de que él había matado a Annika, que quería inculpar a Skandar. Ella vio como cambiaban las miradas y muchas cosas empezaron a pasar por su cabeza pero luego ellos la calmaron.

-Señorita Chen… está bien. El señor Mallory vino hasta acá hace unos cuantos días con esta teoría y lo hemos notificado a la policía italiana… bueno, pensamos que podría ser verdad. Skandar Mallory debería escuchar esto en los siguientes días, pero no podemos, por razones legales, confirmar eso todavía. Está enteramente en su poder si le comunica la información o no.

Más tarde, Quilla y Jakob estaban en la tina, la cabeza de Quilla descansaba en su hombro. El miedo estaba rondando en los pensamientos de Jakob desde aquella llamada lo había abatido, pasaba sus largos dedos por su vientre, nada podía hacerlo olvidar eso, solo la podía imaginar muerta, apuñalada no solo una vez sino cientos de veces, desangrándose en sus brazos tan dulces.

Joder. El apretó sus ojos cerrados. Debió haberle dicho a Quilla sobre los mensajes que le había enviado. Tuvo que admitir que los había recibido cuando los interrogaron y la mirada de sorpresa y traición nunca las iba a olvidar. Ella aun no le había dicho nada sobre eso después. Ahora, se bañaban en silencio; el escuchó como ella suspiraba. Presionando sus labios sobre su frente él le pregunto si estaba bien.

-Estoy furiosa.

-Lo siento.

-No contigo, bebé. Con ese idiota. Por hacerme tener miedo de nuevo. Mierda, estoy tan furiosa.- ella se levantó para darse la vuelta y verlo, retándolo. No era la primera vez que se quedaba embelesado con tanta belleza, de su rostro, de sus pechos, de la manera en que su vientre se curvaba y, entonces, ella lentamente se sentó encima de él. Había furia en sus ojos.

-Jakob, ¿me harías un gran favor?- Él deslizó sus manos hasta su rostro.

-Cualquier cosa.

-Necesito sexo furioso- dijo —necesito follar y que me folles, fuerte. Toda la noche. En esta tina, en el piso, contra la pared. Hazme lo que quieras solo… follame. Su pene respondió rápidamente a sus palabras, y ella deslizó sus manos hasta sus piernas.

-Eres tan jodidamente hermosa.- gruño él y la atrajo hacia él, besándola hasta que ambos sintieron el sabor a sangre. Ella bajó para masajear su miembro hasta que empezó a palpitar con deseo de estar dentro de ella. Jakob la levantó para que pudiera guiarlo y a continuación con una sola embestida furiosa, ella metió aquella longitud larga y gruesa hasta dentro mientras estaba encima de él, ella agarró la parte posterior de su cabeza con las manos para darle un beso mientras follaban. Su pene la perforaba mientras se movía y podía sentir como sus músculos se contraían en su coño, enviando sensaciones gloriosas a través de su cuerpo. Él apretó sus manos alrededor de su cintura, sus dedos apretaban la carne suave de allí.

-Cuando salgamos de esta tina- gruñó mientras sus labios encontraban su garganta, -voy a lamer tu coño hasta que no puedas más y mis dedos entraran hasta muy profundo mientras follo tu perfecto culo.

Quilla gimió. —Más.- ella golpeó sus caderas con las de él y echó su cabeza apara atrás. Jakob moldeó sus pechos en sus manos, sintiendo la forma de ellos, apretando sus pezones con sus pulgares. Él le sonrió.

-¿Quieres más?

Él los sacó a ambos hasta fuera de la tina y presionó su estómago. Agarrando el cinturón de su bata, ató sus manos detrás de ella.

-¿Te gusta eso, Quilla?

Ella asintió, su respiración acelerándose mientras ponía sus piernas a los lados para abrirse paso en su culo. Apoyando las manos a cada lado de su cabeza, empezó a empujar lentamente, escuchando sus gemidos y decir su nombre una y otra vez.

-Eres mía y te haré lo que quiera esta noche, Quilla Chen.

-Siempre tuya, siempre.

Los dos tuvieron sexo hasta que salió el sol, los rayos de sol rozando los cuerpos adoloridos mientras Jakob la tomaba contra la pared de la habitación, aguantando su pequeño cuerpo mientras golpeaba sus caderas con fuerza. Sus ojos estaban llenos de ella; él no podía nunca tener suficiente de esta diosa que estaba en sus brazos. Finalmente, exhaustos, cayeron en la cama, se abrazaron el uno al otro y se durmieron. Ninguno de los dos notó, otra vez, la pequeña cámara que estaba en esa habitación por meses ahora, mirándolos tener sexo, besarse y dormir.

El hombre viendo el video sonreía mientras los veía, maravillado por el cuerpo de la mujer, curvilíneo y maduro. Se quedó mirando al hombre, su viejo amigos, ex socio y se preguntó a sí mismo como se sentiría cuando ella estuviese muerta. No lo tardaría en descubrir.

Esto me lo acaban de informar… todos los cargos contra Skandar Mallory han sido removidos después de la muerte de la novia de Mallory, Annika Hahn el mes pasado, en Roma. La policía ha notificado que la Señorita Hahn, una campeona junior en formación de Wimbledon, fue asesinada en un acto de violencia por un asesino desconocido luego de dejar la habitación de Mallory en el decimoséptimo día del mes. La Asociación Policiaca Italiana le ha ofrecido una disculpa al Señor Mallory por el inconveniente causado y han preguntado si hay alguien con alguna información para que les suministre…

-Santa mierda- dijo Hayley saliendo disparada de su cama y agarrando el control remoto. —Santa mierda, santa mierda- ella subió el volumen y escuchó por unos segundos más antes de subir sus manos sobre su cabeza y de silbar fuerte. Ella puso la TV en mudo y agarró su teléfono. La línea de Skandar estaba ocupada y la envió a la contestadora de voz.

-Hey, hermanos, lo acabo de oír, Dios, estoy tan feliz por ti, Skan, muy, muy feliz…- se sorprendió cuando el teléfono de su casa empezó a sonar. —trataré de llamarte en un momento pero… bebé, lograste. ¡Lo lograste!

Seguía medio llorando, medio riéndose cuando contestó el teléfono de su casa.

-¿Hola?

-¡Contesta tu teléfono, tengo rato tratando de llamarte!- gritó un obviamente delirante y feliz Skandar, y ella rio a través de sus lágrimas.

-¡Te estaba llamando! Lo acabo de ver en la TV. Dios, Skan…- entonces ella si lloró, y el solo rio.

-Lo sé, lo sé, así es como me siento… mira, solo hay una persona con quien quisiera celebrar esto pero mi familia quiere que asista a una cena de celebración con ellos. Di que vas a venir y podremos escaparnos después.

-Por supuesto, claro que sí, Dios, no puedo creerlo. ¿Cuándo te lo dijeron?

-Me llamaron hace unos cinco minutos. Mi papá y mi abuela están prácticamente bailando. Es un delirio verlos.

Ella rio. Esta familia, con su hermana saliendo con Joel, se ha sentido más como una familia de lo que ella nunca había tenido alguna experiencia y ahora Skandar y ella eran mejores amigos, pasaban casi todo su tiempo libre juntos, y eso lo hacía aún más dulce.

-Skan, entonces, quiero hacer algo especial, si es así. Algo loco.

-Hmmm, loco, para nosotros eso no es un impedimento. Ven pronto y así lo discutimos.

Tan pronto el taxi se estacionó en la gran casa Mallory, corrió por el camino. Skandar debió haber estado esperando desde dentro, porque al llegar a la enorme puerta de madera, esta se abrió de repente y Skandar la tomó en sus brazos y le dio una vuelta tan rápido que se echó a reír. Por último, cedió y lo dejo de nuevo en el suelo, ella se tambaleo sin dejar de reír. La atrapó en sus brazos para equilibrarla y ella se quedó sin aliento.

-Se acabó- dijo ella, sonriendo y tocando su rostro. Él sonrió arrugando su rostro y asintió.

-Se acabó, boo.- ambos sin aliento y a continuación, como si fuera la cosa más natural del mundo, sus labios se encontraron y se estaban besando. Hayley cerró los ojos y se concentró en el beso, su boca tan dulce como ella pensó siempre que sería. Su dedos se metieron entre su cabello, cariñosamente, las yemas de sus dedos acariciando su delicioso cuero cabelludo. Ella deslizó sus brazos alrededor de su cintura, sus dedos se deslizaban por su musculoso torso duro y tenso.

Se separaron justo cuando estaban a punto de desmayarse por la falta de oxígeno, pero sus manos se quedaron en su rostro, su pulgar deslizándose sobre las manzanas de sus mejillas. Sus ojos, de ese color marrón cálido, esas largas pestañas rubias y largas, la miró, tenía una sonrisa, una hermosa sonrisa cruzando su rostro.

-Nos están esperando adentro.- dijo en voz baja con pesar. Ella asintió con la cabeza, incapaz de apartar los ojos de él. La tomó de la mano y entraron.

Su familia les dio la bienvenida, y Hayley pudo ver a Nan tratando de no sonreír por sus manos entrelazadas. Estaba agradecida de que su hermana no dijera nada acerca de ellos a ella; esto era nuevo, y ella no quería compartirlo con nadie más, no todavía. Skandar permaneció a su lado durante toda la noche mientras brindaban con champán, con la mano apoyada ligeramente en la parte baja de la espalda.

Hayley supo que en unas cuantas horas, su vida había cambiado para siempre y cuando, finalmente, Skandar condujo de vuelta a su condominio en la ciudad, en el asiento de su Mercedes, sintió que algo cambiaba en su alma.

En su casa, mientras caminaban alrededor de la gran sala de estar, miraba a su alrededor. Era sorprendentemente elegante, y por supuesto, ella asintió con la cabeza cuando vio la consola de juegos. Skandar le dio un refresco, y sonrió mientras veía como ella estudiaba minuciosamente su colección de juegos.

-¿Quieres jugar?

Ella le sonrió, aliviada de que él estuviera relajado ante el cambio en el estado de su relación. Como si leyera su mente, Skandar bajó su refresco y luego agarró el de ella y lo puso al lado del de él. Él agarró sus manos.

-Hayley, nada necesita pasar aquí hasta que estés lista. Podemos solo salir y divertirnos o solo hablar. No me importaría recibir otro de esos dulces besos pero si no estás lista, está bien.

Los ojos de Hayley se llenaron de lágrimas y él se acercó a ella pero sonrió, apartándolo un poco.

-Estoy bien, estas son lágrimas de felicidad, lo prometo. Tengo que confesarte algo. Te investigue en Google después de que nos conocimos por primera vez y todo lo que leí eran artículos de lo tan bueno que eras jugando y esto y lo otro. Cuando nos convertimos en amigos, pensé en "dale una oportunidad" en vez de juzgarte. El hombre que describían en esos artículos, nunca lo conocí. Todo lo que conozco eres tú, Skandar Mallory. El divertido y dulce chico que se convirtió en alguien tan importante para mí como lo es mi familia.

Skandar simplemente subió un poco sus brazos y ella recibió el abrazo. El hundió su cara en su cuello, sus labios contra su garganta.

-Me cambiaste.- dijo, su voz quebrándose de la emoción. —me diste esperanzas. Me hiciste creer en lo bueno otra vez.

Ambos rostros estaban empapados en lágrimas cuando volvieron a besarse.

-Pero lo digo en serio- dijo finalmente —nada tiene que pasar al menos que tú quieras.

-¿Está bien si estoy asustada?

Skandar sonrió. —Claro que sí, estoy aterrorizado. No quiero arruinar esto.

Hayley se rio también. —En ese caso, ¿Qué tal si jugamos un poco y nos relajamos?

-Está bien, elige tú.

Ella eligió Red Dead Redemption.

-Lindo- él aprobó y los dos se sentaron en el sofá para jugar.

Para la hora que terminaron, ella apenas podía mantener los ojos abiertos. El acomodó su cabello hasta la parte de atrás de su cabeza.

-Puedes dormir en mi cama; yo dormiré en el cuarto de invitados.

Ella descansó su cabeza en su hombro.

-No.- dijo ella somnolienta —no quiero estar sola.

Ella no podía pensar en él sin estar al lado de ella. El no respondió pero la cargó en sus brazos.

En su habitación, le quitó sus zapatos y sus pantalones y la metió en la cama; ella se dio la vuelta para ver cómo se desvestía. Se despojó de toda su ropa menos sus boxers. Dios, él es magnífico, pensó ella, su cuerpo de atleta satinado. Sus anchos hombros conducían su vista hasta la V profunda de sus caderas, lo estaba observando, una extraña sonrisa apareció en su rostro mientras lo miraba. Se tomó su tiempo mientras se deleitaba con cada curva de sus músculos, cada pulgada sedosa de su piel. Ya estaba a punto de meterse en la cama pero se incorporó. -No.

Sus ojos se volvieron tristes y decepcionado, asintió.

-Está bien, voy a…

-No, no es eso lo que quería decir. Me refiero a que… no pares allí.- ella se sonrojó pero de repente quería ver todo de él.

El entendió. -¿Todo?- el hizo un gesto refiriéndose a sus boxers y ella asintió. —Bueno.

Lentamente se quitó el bóxer, se detuvo y se irguió. El calor la inundó mientras permanecía allí y dejó que lo estudiara. Su pene, comenzando a endurecerse, era grueso y largo, de una bella forma. Lentamente, se arrastró hasta el borde de la cama y se movió para que ella pudiera tocar. Pasó los dedos suavemente por el eje maravillándose de lo sedoso que se sentía y cómo se estremeció y creció bajo su tacto. Lo oyó succionar aire en una respiración entrecortada y su mirada se dirigió hacia él.

Sus miradas se encontraron y en ese momento, se hizo un acuerdo de silencio. Hayley quitó la camiseta y luego desabrochó su sujetador. Ella se sorprendió de que no se sentía cohibida o vergüenza, quería que él la mirara, que la tocara. Skandar tomó suavemente cada pecho en su mano, y luego inclinó la cabeza para plantar un beso en cada uno. Hayley sintió mojarse mientras lentamente se subió a la cama y la empujó hacia atrás sobre las almohadas. Ella se agachó para acariciar su pene de nuevo, sintiendo el peso de ella en la mano. Skandar besó su boca.

-Si quieres parar, solo basta decir detente y me detendré, ¿de acuerdo? No importa cuando, bebé...

Hayley bajó la cabeza para que pudiera probar sus labios de nuevo. -No quiero parar; Yo te deseo, y mucho…

Skandar sonrió y Hayley se quedó sin aliento mientras ponía su mano en sus bragas y comenzó a acariciarle.

-¿Estas bien?

Ella asintió con la cabeza, sintiendo su clítoris endurecer bajo su tacto y cuando él inclinó la cabeza y tomó su pezón en su boca, se quedó sin aliento, la excitación, la profundidad de sus sentimientos asustándola era muy emocionante para ella. Sus manos, sin dejar de acariciar su pene, al tocar la punta sensible, se estremeció.

-Dios, Hayley... se siente tan bien...

Se movió por su cuerpo, arrastrando sus labios por su vientre, sus dedos se enganchaban debajo de sus bragas y tiró de ellas hacia abajo hasta quitárselas. Le separó las piernas suavemente y luego levantó la vista hacia ella.

-Eres hermosa... No tengas miedo.- Ella asintió e inclinó la cabeza y tomó su clítoris en su boca.

Hayley dejó escapar un grito que se convirtió en una risita de placer. Skandar rio y sintió el estruendo a través de su sexo. Su lengua se paseaba alrededor de su clítoris y ella sintió que su sexo se inundaba de deseo. Cerró los ojos y se entregó al placer. Skandar la llevó cerca del orgasmo, dejándola jadeante y se inclinó sobre la mesa de noche para sacar un condón del cajón. Se sentó sobre sus piernas para acomodarse en su sexo, incluso haciendo eso parecía atractiva, y le sonrió.

-Recuerda, dices que me detenga y me detengo.

Ella asintió con la cabeza, jadeante, con ganas de sentirlo dentro de ella. Skandar se movió suavemente, la punta de su pene rozando de arriba a debajo de su entrada antes de empujar todo dentro de su vagina.

-¿Estás bien?

Ella asintió con la cabeza, y él empujó su longitud dentro de ella. Sus ojos se abrieron al sentir el dolor rápido pero agudo, a medida que pasaban los segundos, desapareció y Skandar empezó a moverse, encontró su ritmo, sus piernas envueltas alrededor de él y empezó a mover sus caderas junto con él. Skandar encontró su mirada, y se meció con suavidad, al mismo ritmo, ya que ambos estaban cerca del clímax. La visión de Hayley explotó en chispas brillantes, y ella pensó que iba a desmayarse cuando su orgasmo la atravesó y se aferró a Skandar mientras empujaba más y más fuerte una vez que se terminaron, temblando y gimiendo su nombre una y otra vez. Su cuerpo, todavía vibrando de placer, se sentía diferente, como si finalmente hubiese encontrado a alguien que encajara con su propia piel.

Skandar se excusó para ir al baño, pero solo fue un instante, escaló hasta la cama.

-Hola, hermosa.- el la besó. -¿Estas bien?

Ella asintió con la cabeza, sus ojos estaban brillantes.

-Más que bien, Skandar Mallory.- Pasó un dedo por su mejilla. Skandar frotó su nariz contra la de ella y sonrió.

-¿Cansado?- Ella asintió con la cabeza, y la atrajo hacia él.

-Ahora duerme, bebé, yo no iré a ninguna parte.

Ella pensó que podría no ser capaz, dada la deliciosa tentación de su piel junto a la suya, pero pronto se encontró a la deriva, sabiendo, sin ninguna duda de que estaba enamorada de él.

Nan se dio la vuelta en la cama para encontrar a Joel al otro lado mientras enviaba mensajes de texto furiosamente.

-Buenos días, bebe.

Se volvió y sonrió, pero podía ver la preocupación en sus ojos.

-¿Qué es?

Joel negó con la cabeza.

-Maldito Kit. Ahora Skandar está en el claro; quiere que haga una entrevista con él. Diane Sawyer, por dios.

Nan frunció el ceño.

-¿Por qué?

-Porque,- Joel empujó la sabana hacia atrás y se levantó. - Kit es un idiota narcisista que explotará a su propio sobrino solo para conseguir publicidad.

Nan se deslizó fuera de la cama y se acercó a él.

-Lo siento tanto, Joel.- Él se recompuso.

-Mejor llamo Skan.

Ella le dio un poco de privacidad, preguntándose qué pasaría. Nunca había conocido a Kit Mallory, el actor superestrella, o al hermano menor de Joel, Grady, pero Joel y Kit eran mellizos y Joel dijo, alguna vez, que son polos opuestos. Había conocido a Asia, la magnífica ex esposa de Kit, y al ver lo profesional, cálida y generosa que era no podía conciliar las dos personalidades.

-Me enamoré de él- Asia había dicho en voz baja. -Pero a veces, el amor no es suficiente. No con Kit.

Se había despertado el interés de Nan, pero había sentido que no podía preguntarle más que eso a Joel, era muy vidente la notoria tensión que había entre los hermanos. Lo que le recordó… la noche anterior Hayley y Skandar no se habían quitado los ojos de encima. Es cierto, era un poco raro ver al hijo de su novio, obviamente, interesado en su hermana, pero se veía tan feliz. Ella cogió su teléfono celular y llamó a su hermana.

-Hey insecto- dijo cuándo Hayley respondió. Podía oír la T.V. en el fondo.

-Hey, ¿estás bien?

-Claro, sólo llamando para ver si estás bien en casa.

-Um- Hayley dudó y en ese segundo Nan supo.

-Hays... ¿estás en casa de Skandar?

-Sí, volvimos a su casa para jugar PlayStation, y se hizo tarde, por lo que me quedé aquí.

Nan sofocó una sonrisa.

-Bueno, eso es genial. Mira, no quiero molestar, sólo es para decir que tengo esa cosa de padres /maestros esta noche, así que estaré en casa tarde. Llámame si vas a estar fuera, ¿de acuerdo?

Ella podía hacer de ´la hermana mayor genial' en sus sueños. Para ser realistas, estaba aliviada de que Hayley estaba con Skandar, sabía que podía mantenerla a salvo, al menos.

-Claro- dijo Hayley, captando su tono. Ella bajó la voz. -Gracias, hermana, te amo.

-Te quiero- respondió Nan y se despidieron, dejó su teléfono justo cuando reapareció Joel, con el rostro sombrío.

-Kit volará para tratar de persuadir a Skandar para que haga la entrevista.

Nan asintió. -¿La hará?

Joel suspiro.

-Sinceramente, no sé.

-Claro, vamos a hacerlo- Skandar se encogió de hombros con indiferencia más tarde ese día. Kit de Mallory le sonrió a su familia.

-¿Ven? El chico quiere hacerlo, así que ¿Cuál es el problema?

Hayley miró al hombre. No le importaba si él era el actor más famoso en el mundo, era un gran gilipollas. Esa fue su primera impresión, y él no le estaba dando razones para que cambiara esa imagen de él. Sí, era asombrosamente bien parecido (aunque nada que ver con Skandar, pensó con aire de suficiencia), con su largo cabello rubio peinado a la perfección al estilo surfista perfecto, sus ojos azules se veían más profundos con los contactos. Skandar, con su habitual forma de llevar las cosas tan fácilmente, seguía en lo más alto de los que pudieron haber hecho aquel crimen y de su amorío, no vio el daño, pero Joel, Randall, y Jakob estaban totalmente en contra de que lo hiciera.

-Eso significa que tendrás que contarles cada detalle de tu relación con Annika- le dijo Joel, pero el pareció tomárselo bien.

-Voy a estar bien, Pa. No tengo nada que ocultar.

Kit sonrió su sonrió con su sonrisa extremadamente blanca y juntó las manos.

-Bueno, eso está arreglado. Cherry- le habló a su pobre ayudante quien se veía cansada y hambrienta. – Confírmalo.

-Tal vez a Cherry le gustaría algo de comer y tomar un descanso antes- Randall Mallory era muy calmado la mayoría de las veces, pero su voz esta vez sonaba pesada y superior. Hayley vio cómo, gentilmente, Kit asintió con la cabeza, de acuerdo. Las palabras del Mallory mayor, al parecer tenían bastante peso para su famoso hijo.

Nan se levantó y le tendió la mano a Cherry.

-Ven, vamos a encontrar algo de comida y te llevo hasta tu habitación.

Cherry la siguió, al igual que Hayley. Nan empujó a su hermana.

-Tengo al gemelo bueno- murmuró ella y Hayley bufó.

-Palabras- replicó ella, y ella vio Cherry moviendo la cabeza, con los ojos cansados entretenidos.

- No estás equivocada- soltó ella de repente y lucia alarmada creyendo que había dicho demasiado. Hayley se metió el brazo por debajo de ella.

-Lo que se dice aquí, se queda aquí. ¿Cómo diablos no le has golpeado el culo con un bate de baseball?

Estaban en la cocina, y Nan le hizo un sándwich y le calentó un poco de sopa. Cherry les sonrió agradecida.

-Paga muy bien- admitió Cherry —y no siempre es así, a veces me pongo a ver al Kit real y, no es tan malo.

Nan y Hayley intercambiaron una mirada, y Cherry rio.

-No, no es así, no tengo un enamoramiento. Tengo una muy paciente, y muy comprensiva esposa en casa.

Hayley sonrió. -Entonces finge que tienes un enamoramiento con Asia, tal vez eso le pegue.

-Hayley- advirtió Nan, y Cherry sacudió la cabeza, sonriendo.

-Nunca haría eso. Fue una de las pocas veces que he visto a Kit enamorado, tal vez la única vez. El aun ama a Asia.

Skandar y Hayley fueron hasta Discovery Park y luego caminaron hasta el Faro de West Point. El tiempo se había vuelto más frío, y las hojas de otoño eran color rojo y dorado. Encontraron algunos asientos para sentarse, Skandar con su brazo alrededor de ella, mirando hacia el faro y al agua. Hayley apoyó la cabeza en su hombro y Skandar presionó sus labios en su frente.

-¿Estás bien, Hays? Después de anoche me refiero.

Ella levantó la vista y sonrió.

-Más que perfecta, Skandar Mallory. Lo has hecho todo tan... natural y fácil y estimulante. Hiciste que fuera perfecto.

Skandar asintió.

-Tú eres perfecta- dijo con voz gruesa. Se aclaró la garganta, luego sonrió su sonrisa atravesar su rostro -A pesar de que me estás poniendo todo blando, lo cual no es aceptable en absoluto.

-Es repugnante, ¿no es así?

-Totalmente.- Se rio con ella. -En realidad, tengo una confesión... hay alguien más.

Debido a que estaba sonriendo, ella no sabía si estar sorprendida o asustado, pero aun así, la asustó un poco. -La fulana, ¿quieres que te cuente?

-Bueno, voy a necesitar saber de quién es el trasero que voy a patear, así que sí.- fingió estar enfadada. El sonrió.

-Celosa. No necesitas estarlo; Yo no la conozco. Incluso estoy suponiendo que es una ella aunque estoy bastante seguro. ¿Prometes que no vas a pensar que soy un gran friki?

-Demasiado tarde.

-Ja, ja, muy divertido. Bueno, se siente solitario cuando estoy en algún viaje, especialmente cuando Carlos tiene la llave de mi cinturón de castidad.

Ella le sacó la lengua a él.

Por lo tanto, me encontré con este foro, este lugar de Ciencia Ficción que empecé a ver hacía un tiempo atrás. Después de un tiempo, encontré este blog donde esta persona estaba publicando, y nos pusimos a hablar en el foro, y más tarde, por mensajes privados.

Hayley lo miraba en estado de shock.

-Skan... ¿qué foro es?

Skandar parecía avergonzado. -Battlestar Galactica y Cap...

-Caprica- ella terminó la oración por él.

Parecía sorprendido. -Sí, ¿lo conoces?

Ella asintió con la cabeza, tratando de no sonreír.

-Sí, me encanta. Pregúntame quién es mi personaje favorito, Skandar.

Algo estaba alerta en su cerebro. -¿Quién?

-Sam Adama.

Entonces, lo entendió. -¿Eres Samadamadingdong?

-¡Eres SkunkMaladyBibble!

-Santa mierda- dijo y comenzó a reírse. -De todos los... Wow. Estábamos realmente destinados a ser, ¿eh?

Ella se ruborizó de placer ante sus palabras.

-Creo que sí.

Skandar la besó, inclinando su barbilla con una mano suavemente.

-Hayley Applebee, usted es mi mundo ahora, ¿crees que podrías vivir con eso? Siempre estás bienvenida a venir conmigo, por supuesto, sé que tienes la universidad. Quiero que lo nuestro funcione ¿Puedes confiar en mí? Ella asintió.

-Con mi vida- dijo y envolvió sus brazos alrededor de su cuello, besándolo con fuerza. '

-Hey, así que... está haciendo frío y um, bueno, necesito practicar...

Skandar sonrió. -Ya lo tienes, preciosa... vamos a mi casa.

Hayley se echó hacia atrás en los brazos de Skandar, empapada en sudor, con el cuerpo recuperado de hacer el amor. Dios, si esto era lo que era... ella le sonrió. -Es posible que me haya convertido en una ninfómana.
Él rio. -Eso es sólo porque no tienes a nadie con quien compararme- su estómago y ella se rio. -Bien, gracias, estómago, has arruinado el momento. Dios, me muero de hambre. ¿Pizza?
-Oh sí.
Skandar se deslizó hasta fuera de la cama y se puso sus pantalones vaqueros. -Voy a pedir algo más.- Se fue a agarrar el teléfono y Hayley se levantó y agarró su ropa. Entonces, algo le llamó la atención, y se detuvo, sonrió. Cuando ella salió para unirse a Skandar, llevaba una camisa blanca de él, la mitad abotonada, era tan larga que apenas caía por encima de sus rodillas. Skandar estaba terminando el pedido y sonrió.
-Wow
Hayley posó para él.
-Siempre había querido ponerme una camisa de un hombre y lucir sexy para él. Como en las películas.
-Funcionó... ven aquí.

Veinte minutos más tarde, cuando la pizza llegó, ambos cayeron sobre ella como salvajes. Skandar tomó el control remoto.
-¿Quieres ver algo en la T.V. mientras comemos?

Hayley asintió, con la boca llena de comida. Skandar la encendió y escaneó los canales, antes de colocarlo en las noticias. Observaron que la presentadora habló, en realidad no prestaban atención a nada. Fue sólo cuando escucharon su nombre que miraron hacia arriba.

Skandar Mallory, recientemente exonerado en el asesinato de la estrella del tenis alemán Annika Hahn, ahora se enfrenta a una nueva crisis según un sitio de chismes que ha publicado fotografías del mencionado de veinticinco años, la estrella está en la cama con otra mujer. La mujer, que aparece aquí, se cree que una chica de diecinueve años de edad, estudiante de segundo año de la UW, Hayley Applebee. Karl Harlow informa, con imágenes que algunos espectadores pueden encontrar ofensivas.

Hayley dejó caer su porción de pizza, casi ahogándose con la boca llena que estaba comiendo.

-¿Qué mierda?- Skandar gruñó. Se subió un poco el volumen de la T.V. Un reportero, de pie fuera de la casa estaba muy cerca hablándole a la cámara.

Las fotografías, las cuales son explícitas, muestran Mallory con una mujer joven. Ambos están desnudos, y mientras la secuencia continúa, es evidente que están teniendo relaciones sexuales. Esto pasa tan sólo un día después de que Mallory fuera despojado sus sospechas en el asesinato de Annika Hahn, que entonces era su novia. Algunos dicen que por el tiempo es sospechoso…

Pero Hayley dejó de escuchar. Las fotografías, afortunadamente omitían sus pechos y genitales, era obviamente se anoche, la noche más maravillosa, privada y erótica, de su vida. Ella sentía violada, expuesta.

Avergonzada.

Skandar parecía horrorizado.

-Dios, Hayley, lo siento tanto... ¿qué coño?

-¿Cómo diablos sacaron fotos, Skandar? ¿Acaso nos grabaste?- Se puso de pie y salió de la habitación, tirando de su camisa, sin preocuparse de si la había roto. Ella se ponía su ropa mientras él la seguía. -¿Es eso lo que pasó? ¿Nos grabaste y lograron hackear tu disco duro?- Ella estaba poniéndose sus zapatillas ahora Skandar extendió las manos.

-Cariño, No, yo nunca...

-Entonces, ¿cómo aparecieron las putas imágenes?- Ella gritó y luego se echó a llorar, sollozando, humillada. - Dios, ¿qué le voy a decir a Nan? ¿A mis amigos? Dios mío, voy a tener que dejar la universidad, si no es que me echan...

-Hayley, cálmate. Vamos a llegar al fondo de esto... No he hecho nada malo. No tengo ni idea...- Miró alrededor de la habitación, entonces empezó a abrir los armarios, cajones. Ella sabía lo que estaba buscando. Cámaras. Ella buscó también, entonces, desesperada de encontrar una prueba que diera fe de que él no sabía que estaban siendo observados. Dios, quería vomitar.

-Aquí- Skandar dijo en una voz muerta. Se apartó del armario y la dejó ver. Un dispositivo de grabación diminuta alojada en la puerta, directamente frente a la cama. Ella se quedó mirándolo.

-¿Y no es parte de su sistema de seguridad?

No.

-Dios- Ella observó como Skandar la arrancó de la pared y la estampó en ella. -No debiste haber hecho eso. Puede que haya habido huellas dactilares, pruebas que la policía podría utilizar.

Ella fue a sentarse en la cama y después de un segundo, Skandar se acercó a ella.

-Juro que no lo sabía. Nunca haría nada para lastimarte.

No podía hablar, no podía tranquilizarse. Ella quería creer, pero sabía que había sido imprudente en el pasado. Ella lo miró, estudió su rostro, sus ojos oscuros, heridos y sabía que a pesar de que lo amaba, ella no confiaba en él lo suficiente.

-Me tengo que ir.

Skandar puso sus brazos alrededor de ella. -No, por favor, quédate y vamos a resolverlo. Le diré a Zoe que venga...

-Esto no se trata de relaciones públicas, Skandar. Se trata de si puedo confiar en ti con mi corazón.

Él la siguió hasta la puerta.

-Puedes... puedes confiar en mí.

No podía mirarlo. —Eso lo veremos. Necesito algún tiempo.

Skandar asintió. -Está bien... está bien... Abrió la puerta de la entrada pero volvió a cerrarla, arrugando la cara con sus emociones fluyendo.

-Simplemente, recuerda esto... Te amo.

Lagrimas bajaban por el rostro de Hayley.

-También te amo... pero necesito un tiempo. No estoy diciendo que para siempre pero...

Skandar tomó su rostro entre sus manos.

-Bésame antes de irte.

Ella presionó sus labios con los de él, su determinación casi vacilante pero entonces, lo empujó y se fue, bajando las escaleras y luego en la calle. Un paparazzi la detuvo inmediatamente, y ella lo pateó y discutió con él para abrirse camino, maldiciéndolos, sin importarle si todo estaba siendo grabado.

Ella corrió tres cuadras antes de detenerse, doblándose para sollozar su ira, le dolía. Se las arregló para llamar a un taxi y casi se cae al entrar.

-¿Para dónde, señorita?- El taxista tenía un rostro amable, que hizo que sollozar fuera aún más difícil. Mientras esperaba, se las arregló para pensar.

-No lo sé... No sé...

Dómame

No era la primera vez que Joel Mallory golpeaba a su hermano gemelo en una habitación, pero ciertamente era la primera vez que lo había hecho tan fuertemente.

Para ser justos, Kit Mallory lo merecía, acechando la casa de su padre con un séquito que más bien parecía un pequeño ejército, gritándole a su sobrino en frente de todos.

-¿Qué mierda estás haciendo con esta zorra, Skandar? ¿Tratas de arruinar a la familia? ¿Ahora qué sigue?

Fue como mirar una carrera esperando ver quien llegaba primero para golpear a Kit, pero Joel tomo a su hijo por un pelo. Randall agarró a Skandar mientras Jakob alejó a su hermano Joel arrastrándolo. Ran, solo miraba a su entorno.

-Por favor, esperen en la biblioteca, amigos, vamos a

conseguirles un refrigerio. Gracias.

Mientras Jakob ayudo a Kit a ponerse de pie, interponiéndose para que no se acercara a Joel, Ran dejó ir a su nieto, dándole una mirada significativa.

-El resto de ustedes, siéntense.

Skandar, luchando con fuego en sus ojos después de escuchar a Kit insultar a Hayley, se dejó caer en la silla.

-Nunca te atrevas a llamarla zorra de nuevo en tu vida, maldito- siseó mientras Ran ponía una mano en su hombro en forma de advertencia.

Kit no estaba arrepentido.

-Puedes olvidarte de Diane Sawyer ahora, no quiero que cagues toda mi carrera como lo has hecho con la tuya.

-Kit, cierra la boca- Jakob había oído suficiente. —Skan no ha hecho nada malo, tenemos que averiguar quien puso las cámaras en su apartamento y por qué.

Kit se balanceó un poco.

-Espera… pensé que era un Video Sexual que habías hecho.

-No- la voz de Skandar era fría como el hielo. —a diferencia de ti, yo tengo respeto por las mujeres que tengo en mi vida.

Kit dio una risa hueca. —Estoy seguro que Annika…

-No termines esa frase- Skandar se había levantado de nuevo, esta vez fue Jakob quien lo detuvo.

-¡Suficiente!- rugió Randall Mallory y sus tres hijos y su nieto lo miraron con asombro. Jakob trató de recordar cuando fue que su padre había levantado la voz en su vida. No pudo recordar ni una vez. Su padre se veía exhausto y agotado, se sentó y le indicó a su familia que hicieran lo mismo.

-Estoy cansado- dijo —Los últimos meses han sido lo suficientemente difíciles sin la necesidad de arruinarnos a nosotros mismos también. Kit, no te referirás a Hayley con nada más que respeto, ¿entendiste?

Kit se frotó la cara. —Por supuesto… mira. Skandar, lo siento, no quise decir eso. Fue un error de mi parte.

Skandar asintió con rigidez.

-Bien, ahora, vamos a ver si podemos encontrar algo para controlar esta idiotez, esta repugnante violación. En primer lugar, hay que asegurarse de que Hayley esté protegida… ¿Skandar?- Ran miró a su nieto, su mirada era sombría -¿Dónde está Hayley ahora?

Skandar suspiró. —En su casa, escondida, creo. He tratado de llamarla un par de veces pero… está angustiada, Abuelo. Lo que hicimos… no fue una aventura de una noche o algo como eso. La amo y pido a Dios que ella todavía me ame.

Joel miró a su hijo e hizo un gesto para que supiera que estaba orgulloso, sonrió de lado.

-Nan habló conmigo en la mañana y me dijo que Hayley se reagrupará de nuevo. Iré allá más tarde; veré si necesita hablar.

Skandar estrelló su cabeza en sus manos y Joel puso su brazo alrededor de él. Kit se inclinó hacia adelante.

-¿Qué podemos hacer? Con esto, el apuñalamiento de Quilla, el asesinato, esta familia ya ha pasado por mucho.

-Miren… lo llamaremos exactamente como fue. Una asquerosa invasión de privacidad hacia dos personas, avisaremos a la persona que hizo esto, diremos que vamos a pagar cada centavo que sea necesario para llevar a esta persona a la justicia- Ran dejó salir un suspiro tenso – Ahora me caería bien un trago…

-Qué bueno que traje un poco de Whisky de malta desde Escocia, entonces.

Todos se dieron la vuelta para mirar con sorpresa. Grady Mallory, con su amplia sonrisa, levantó la mano. -¿Qué hay gente? ¿Qué me perdí?

Kit Mallory volvió a su hotel. A diferencia de sus hermanos, él no tenía una casa propia en Seattle, prefiriendo estar en Los Ángeles. Era más conveniente a la hora de hacer fiestas, les dijo, pero al pasar los años empezó a sentirse desconectado, y empezaba a resentir eso, incluso si él mismo lo había elegido así.

Le dio a Cherry, su asistente personal, la noche libre y él ordenó el servicio a la habitación. Se sentó y encendió la T.V sin mirar realmente.

No debió haber insultado a la novia de Skandar, estuvo mal. Había vuelto de una reunión con su gente para descubrir que lo habían sacado de la lista de los presentadores de los Oscar, se sentía humillado, ya que lo acababa de anunciar. Para controlar el daño, tuvo que aceptar aparecer en un video musical de una cantante británica, que se filmaría al mismo tiempo que los Oscar, lo que le dio una buena razón para perderse el acto sin manchar su reputación.

El problema era… la cantante. Bo Kennedy. Habían tenido una disputa antes en Twitter sobre algo de usar y tirar que habían hecho sobre… dios, ni siquiera lo recordaba ahora. Bo, una londinense sin sentido con creencias fuertemente feministas lo había destrozado… eviscerado, a decir verdad. Tenía respeto por ella solo a regañadientes. Ella no era como la clásica galletita, muñeca Barbie que había en la industria musical; Bo Kennedy tenía el alma de Billie Holiday dentro de ella y una voz que le sentaba perfecto. Todos amaban a Bo. Ella había roto la tendencia que todas las cantantes tenían de ser extremadamente delgadas, siempre mostrando sus curvas, para los estándares de Hollywood estaba en camino a ser obesa, pero en términos reales, sus curvas eran las de Marilyn Monroe y Jane Mansfield.

Su agente se había puesto en contacto con él para aparecer en el video… tendría que actuar como el hermoso y pícaro novio el cual estaba a punto de dejar en una publica y muy embarazosa situación. Había dicho no al principio, en realidad fue más como un 'Joder, no, ¿con esa rompe bolas?', pero cuando pensó sobre el asunto, había algo que lo había hecho reír sobre la oferta. Era como si ella lo estuviese retando, para probar que él era el gilipollas que ella pensaba que era. Así que cuando pasó lo de Skandar/Sospechoso de asesinato/video sexual, tuvo que extender su mano para aceptar el trabajo.

Mierda. El sentimiento de culpa por haberlo abandonado solo se puso peor cuando Grady apareció. De todos los hermanos, Grady era el que nunca había hecho algo incorrecto a los ojos de su padre. Sobre todo, era porque… Grady nunca había hecho algo malo. Era sólido y confiable. A la excepción de que Kit pensaba diferente, porque Grady había estado enamorado de la esposa de

Kit, Asia. Para ser justo con Grady, él había conocido a Asia primero y cuando él la trajo, solo como una amiga, a una parrillada familiar, Kit le dio un vistazo a la hermosa mujer e hizo su jugada. Grady lo había perdonado, pero eso no calmaba la paranoia de Kit cada vez que el rubio andaba cerca de Asia.

Deja de pensar en la misma estupidez, se dijo a sí mismo. Ahora estaba pensando una vez más en la entrevista con Skandar y Diane Sawyer, tal vez sería bueno actuar como si estuviese indignado, especialmente cuando ya venía la filmación de una vulnerable joven. Si, tal vez.

Su comida llegó, comió rápido, se dio un baño y se fue a la cama. En la mañana se vería con Cherry para confirmar la entrevista con Sawyer. Entonces, después de eso, viajaría hasta Inglaterra y se encontraría con Bo Kennedy. Tuvo que admitir, él estaba esperando que sucediera dicho encuentro.

Skandar dejó la casa de su abuelo pasada la media noche. La llegada de Grady había sido un gran alivio para todos; él lo había hecho su ídolo cuando era más joven y por qué eran más cercanos en edad que su padre y sus hermanos, Grady siempre había sido como el hermano mayor de Skandar.

Le había pedido su consejo sobre Hayley. Su tío, quien se había casado con su amor de infancia, Molly, solo para descubrir después de su luna de miel que ella tenía cáncer etapa IV, habló con él, le dijo que le diera espacio a Hayley.

-Pero no mucho espacio, chico.- Grady sonrió. —no

quieres presionarla, solo hacerle saber que vas a esperar.

Skandar abrió las ventanas de su auto y dejó que el aire de la noche rozara su rostro. No podía parar de pensar en Hayley, en su dolor y humillación. Maldito sea el idiota que le hizo esto a ella, a ellos. Pero no era solo a ellos. La policía había ido a su casa, la revisó de arriba hasta abajo, y encontraron cámaras escondidas en todos lados. Por consejo de la policía, las casas del resto de la familia también fueron registradas. Jakob y Quilla estaban horrorizados cuando la policía encontró cámaras en su casa también. Quilla sollozó, y el corazón de Skandar se rompió por ella, todos sabían que significaba.

Gregor. Ese hijo de perra. Si Skandar pudiera poner sus manos sobre él lo destrozaría con sus propias manos por lo que le había hecho a Hayley, a Quilla y a todos. A pesar de ello, él no sabía por qué Gregor lo había elegido a él. La respuesta lo golpeó; era un blanco fácil. Skandar sacudió su cabeza en desolación. ¿Soy en serio el más débil de la familia?

Su teléfono sonó y se detuvo a un lado de la carretera para contestar. Su corazón dio un vuelco cuando vio el identificador de llamadas.

-Hola, cariño, es bueno saber de ti.

Él esperó pero Hayley no contestó. En lugar de eso, Skandar escuchó como sollozó. Siento como su pecho dolía.

-Oh, bebé…

-Lo siento- dijo a través de sus lágrimas —me prometí que no haría esto, pero te extraño, solo te extraño.

-Te amo, y te extraño en cada momento- dijo,

escuchando como su propia voz se quebraba. Vaciló. –Samadamadingdong, ¿puedo verte?

El escuchó su débil risa entre las lágrimas.

-Si, por favor, SkunkMalady.

-No olvides el Bibble.

-SkunkMaladyBibble, Nan está en casa de Joel.

Su pecho se sintió apretado. -¿Estás sola? ¿Tu hermana te dejó sola?

-Soy una chica grande, Skan. Nan me ofreció ir con ella, pero quería estar sola… a excepción de que no quiero estar sola, quiero estar contigo- suspiró.

-Amor, voy para allá. Asegura las puertas y las ventanas. Te llamaré cuando esté afuera.- su corazón estaba latiendo desagradablemente, la adrenalina corría por sus venas. Se había imaginado a Gregor en busca de Hayley y apuñalándola como lo hizo con Quilla, pero luego se dio cuenta de que podía asustar a Hayley. –Solo para asegurarnos, ¿está bien?

-Bien. Date prisa.

-Lo haré, bebé, lo prometo.

Él estaba en su puerta una media hora después. Tan pronto abrió la puerta y lo vio, se echó a llorar. Él la puso entre sus brazos y cerró la puerta detrás de él.

-Está bien, bebé, estoy aquí…

Ella asintió mientras él le sonreía y le limpiaba las lágrimas con sus pulgares.

-Dios, te ves tan hermosa.- ella rio a través de sus lágrimas.

-Nunca me habían dicho que me veía linda con la nariz

llena de mocos. Necesito un pañuelo.

Él la siguió hasta su habitación, mirando alrededor de forma aprobatoria. Cada superficie estaba llena de libros y CDs de música, su laptop en su escritorio. La puerta de su armario estaba abierta, y pareciera que ella hubiese sacado todo, buscando más cámaras escondidas. Ella siguió su mirada.

-Todo limpio.- se limpió su nariz y se frotó los ojos. Él se sentó a su lado.

-Hayley… no puedo soportar que…

-Shh, no te disculpes más. Lo siento mucho, fui yo la que te acusé de semejante…

El atrapó sus labios con los de él, ella respondió, sus labios hambrientos contra los de él.

-Te amo demasiado, Skandar- dijo cuándo se separaron para tomar aire. Ella se levantó y cerró las persianas de su ventana y entonces, en un movimiento fluido, se quitó la camiseta. La respiración de Skandar flaqueó. Dios, tan solo verla… tan bella, me excita tanto.

-Cariño, ¿estás segura?

Ella bajó hasta donde estaba él y lo besó de nuevo, luego lo puso de pie y metió sus manos debajo de su camiseta. Mientras pasaba su camiseta por su cabeza, ella sonreía.

-No más charla.

El sonrió. —Claro, madame.

Ella metió el pezón de él en su boca y jugó con la pequeña protuberancia mientras él abría la cremallera de sus pantalones vaqueros y metía las manos en su parte trasera, con los dedos hacia abajo para así apretar sus nalgas perfectamente redondas.

-Quiero estar encima de ti- murmuro contra sus labios.

-No tengo ningún problema con eso.- rio, luego, ella lo empujó sobre la cama. Ella se quitó sus pantalones y sus bragas, desabrochó su sujetador y se sentó a horcajadas sobre él, gloriosamente desnuda con su piel cálida, casi luminosa a la luz opaca de la habitación.

-En un acto de desafío supremo- dijo ella —y después de torturarme a mí misma viendo cada revista de chismes online, decidí que mi tiempo estaría mejor invertido si buscara técnicas. Si el mundo me va a etiquetar como puta, entonces seré buena teniendo esa etiqueta.

Skandar atrapó sus muñecas, la hizo mirarlo.

-Tú no eres una puta. Mataré a cualquiera que te llame de esa forma.- su voz era áspera y fuerte, ella le sonrió con sus ojos suaves.

-Reclamo mi palabra- dijo confidente con las manos en el aire. —Puta siendo tu amante, puta siendo la chica que piensa en ti todo el día, todos los días…

El asintió mientras ella alcanzaba su miembro libre, ya pulsante y duro, él apretó sus pulgares alrededor de sus pezones y dejó sus dedos moverse hasta su vientre.

-Te amo, Hayley Applebee.

-También te amo, Bibble- ella sonrió y luego su boca estaba sobre la de él. Mientras su lengua, vacilante al principio, paseaba sobre la cabeza de su pene, él se estremeció de placer, con las manos en su cabello, dejando que las suaves hebras acariciaran entre sus dedos.

El respiro profundo y echó su cabeza hacia atrás mientras ella succionaba suavemente, su pene, todo su cuerpo a su merced.

Después de unos momentos, la levantó para que pudiera devorar su boca, su mano bajando para luego sentir que ya estaba mojada para él. Hayley se inclinó y agarró un condón del cajón que estaba a un costado y ayudó a colocárselo, luego volvió a ponerse a horcajadas sobre él y guiarlo hasta su interior.

Dios, se sentía como volver a casa, hacer el amor con una chica hermosa, su mejor amiga, su compinche. Skandar sintió como su miembro se entumecía de placer, toda su sangre circulante en hasta su pene mientras ella se movía encima de él, con su sexo resbaladizo apretando su tamaño. Acarició su cuerpo mientras ella empezaba a jadear con fuerza, sus dedos deslizándose en su pequeño monte de venus mientras sentía su clítoris hinchado y pulsante bajo su tacto.

Él se terminó, su cuerpo se arqueó, golpeando sus caderas contra las de ella mientras ella gritaba con el calor del orgasmo inundando su cuerpo. Mientras se calmaba, él se sentó y le dio la vuelta hasta ponerla con su espalda sobre la cama, enganchó sus piernas en sus hombros y enterró su cabeza en su sexo. Por un momento ella se quejó.

-Dios, Skandar, no sé si...- pero fue implacable, el paseaba su lengua por la longitud de su entrada, hasta que atacó sin piedad su clítoris y una vez más gritó mientras terminaba por segunda vez.

Esta vez, ella no pidió que se detuviera y el sonrió mientras la tomaba en sus brazos. Alisó su pelo húmedo que estaba en su frente y se miraron.

-Esto es todo lo que importa- murmuró —Tú y yo. Por

siempre.

Kit se movió incomodo bajo las luces del estudio. No estaba acostumbrado a estar tan acalorado, mucho menos con toda su experiencia. Skandar estaba sentado a su lado, mandando mensajes con una sonrisa somnolienta en su rostro. Ni siquiera se notaba nervioso.

-Cinco minutos.- el gerente del piso avisó, y Skandar por fin levantó la vista y tomo su teléfono.

-Quédate con el guion que acordamos- Kit murmuró cuando Diane Sawyer se acercó a ellos. No se perdió los ojos blancos de Skandar.

La entrevista comenzó bien, cómoda, hablando de la última película de Kit y del hecho de que iba a trabajar con Bo Kennedy. Diane sacó el tema de la disputa que había tenido Kit en twitter, y Kit, siempre tan magnifico se rio excusándose de que era una manera de conocer a gente nueva. Sintió como Skandar resoplaba por lo bajo y subrepticiamente le dio una patada. Diane se volteó para mirar a Skandar, y mientras discutían sobre Annika Hahn, Skandar le contó lo que había sentido por la difunta, que la extrañaba, que deseaba que su familia no estuviese pasando por la repentina y violenta pérdida. Diane fue más cuidadosa y Skandar más honesto y conmovedor. Kit estaba impresionado. Había sido una buena idea no cancelar la entrevista.

-Ahora, Skandar, a la luz de lo que acabas de decir… no podemos simplemente ignorar las fotos picantes que aparecen en los sitios y revistas de chismes más salaces.

Skandar respiró profundo.

-No, supongo que no lo podemos pasar por alto.- dijo con una sonrisa triste —Diane, estoy acostumbrado al ojo público, a la intrusión, a la perdida de privacidad. Esto viene con el territorio. Esto, como sea, fue demasiado intrusivo, despreciable, esto fue una invasión de privacidad sin corazón que ni siquiera tengo las palabras para describir lo enojado que estoy. Es inexplicable para mí lo que pasó. ¿Qué podía ganar alguien con esto? La mujer en esas fotos, Hayley Applebee, la mujer a quien amo merece ser tratada con respeto y amor. Ella es brillante, inteligente, divertida, y una hermosa estudiante que vale mucho más que cualquier escoria que este viéndola, comentando o de quien haya publicado esas fotos. Estábamos comprometidos en un acto de amor privado. Si la persona que irrumpió en mi casa, tengo que añadir- miro fijamente a la cámara —en la casa de mi tío e instaló todas esas cámaras está mirando, solo conoce esto. No nos detendremos hasta encontrarte y te llevaremos ante la justicia.

Todo su cuerpo estaba temblando. Diane lo miró con un renovado respeto. Kit, después de un momento, pasó su brazo alrededor de los hombros de su sobrino.

-Y su tío, debo decirlo, esa privacidad es la consigna de nuestra familia, y vamos a defenderla a toda costa.

Diane parpadeó, y luego su profesional sonrisa volvió a posarse en su cara.

-Vaya. Eso fue un muy apasionado discurso, Skandar. Debe ir en serio lo de tu nueva y hermosa novia.

-Lo es. Muy en serio. Para mí.

Incluso Diane se vio sorprendida ante sus palabras por

un segundo.

-Te ves muy feliz.

-Sería imposible no estarlo con Hayley.- Kit podía jurar que Diane casi se desmaya por la declaración. Jesús, chico, ¿Qué tanto haces sentir?

Finalmente para el alivio de Skandar, Diane se volvió a Kit.

-¿Y qué tal tú Kit? Sé que aun estás recuperándote de tu divorcio con la hermosísima Asia Flynn, ¿viste las fotos de ella en la gala con Sebastián en el invierno, supongo?

La cara de Kit se puso roja, pero el sacó una sonrisa forzada.

-Seguimos en buenos términos, me alegro que ella haya continuado.

Skandar lo vio con ojos duros. Eso fue un golpe bajo, tío, pensó, sintiendo lastima por Asia. Diane parecía igualmente impresionada por la ligera inmadurez.

-¿Y tú, Kit? ¿Has logrado seguir adelante? A parte del coqueteo, todos sabemos que has tenido algo con Lulú Florentino. ¿Se han reconectado desde su divorcio?

Ouch. Kit, con sus ojos acuosos, sacudió su cabeza.

-No, seguimos siendo amigos, pero no, no estamos juntos. Para ser honesto Diane, estoy en el momento de mi vida donde solo quiero estar solo, trabajar en mí, encontrar quien soy, cuando no soy Kit Mallory, la superestrella.

Skandar lo miró horrorizado mientras su tío hacia citas con su nombre. Skandar se encontró con los ojos de Diane y la esquina de su labio se había alzado. Skandar pensó que no iba a aguantar.

-Bueno, es todo el tiempo que tenemos- Diane estaba claramente muriendo para salir de ahí, lejos de Kit, para echarse a reír. —Muchas gracias por hablar conmigo, ha sido fascinante.

-Gracias, Diane.

-Estamos fuera.- dijo el gerente del piso, y Diane sacudió sus manos, dándole un guiño a Skandar y un asentimiento ligero a Kit. Buena suerte con eso. Skandar decidió que a pesar de todo, le caía muy bien Diane.

-Acaparaste la atención, cielos, Skan, al menos deja que algún chico hable.- conduciendo hasta fuera del estudio y luego hasta el aeropuerto para que Skandar tomara un vuelo de vuelta a Seattle, el perfecto estilo del cabello de Kit se echaba hacia atrás mientras bailaba con el viento que soplaba en su convertible.

Skandar rio para sí mismo.

-Esto fue tú idea, Kit. Yo solo respondía las preguntas de la dama.

-Y declarando tu amor profundo e interminable. Estoy sorprendido de que no te haya arrojado sus bragas, como cualquier mujer en América lo hubiese hecho.

Skandar se encogió de hombros.

-Pensé que había salido bien. Aunque Asia probablemente pida una explicación.- Kit no respondió. Skandar estudió el perfil de su tío. ¿Cómo es que era tan enteramente diferente del padre de Skandar, su hermano gemelo? Joel era humilde y siempre de bajo perfil, Kit era vanidoso y extrovertido. Se preguntó si siempre había sido así, o fue la carrera que escogió la que lo había vuelto así. Skandar pensó en aquellos momentos en donde él mismo había sido arrogante y descuidado con otros. Él sabía una cosa: Kit había amado a Asia, realmente la amaba pero no podía controlar sus instintos más bajos o evitar ser la estereotipada estrella de cine. Lulú Florentina (¿en serio ese era su nombre?) no fue la primera.

Al llegar al aeropuerto, Kit lo sorprendió.

-¿Sabes? Debes casarte con esa chica. No dejes que se vaya si significa mucho para ti.

Skandar sonrió. –No la dejaré ir. Gracias

Kit asintió una vez y se dio la vuelta para dejarlo. Se detuvo.

-Skan, si ves a Asia, dile… dile hola por mí. Espero que esté bien. Y que siento mucho lo de… tu sabes.

Skandar pudo ver la tristeza en sus ojos.

-Podrías llamarla tú mismo, sabes.

Kit rio suavemente.

-Si yo fuera ella, no contestaría mis llamadas. Nos vemos cuando vuelva de Londres.

Dos días después, después de un largo vuelo transatlántico, estaba finalmente siendo conducido hasta el set de grabación. Kit miró por la ventana hacia la soleada calle de Londres, llena de trabajadores, turistas y compradores. Viviendo en Los Ángeles no estaba acostumbrado a ver a las personas caminando en las calles, y él encontró fascinante ver la interacción entre los diferentes tipos de personas, las exasperantes caras estresadas de los trabajadores de la ciudad, empujando las lentas filas de turistas, y la determinación de los compradores.

En el estudio, fue recibido por la enérgica y eficiente

asistente personal, Sindy, con piernas largas y muy alta. Sonrió para sí mismo, no debería ser difícil encontrar compañía después de unas horas. Sindy lo condujo a maquillaje donde lo esperaba un hombre enorme y que agitaba sus pinceles de maquillaje en su estuche.

-Mírate- dijo en un acento ampliamente londinense sacado de una película de Guy Ritchie, y le indicó a Kit que se sentara. —Bueno, vamos a cumplir contigo. Bien, ¿Qué podemos hacer contigo? ¿Un cambio completo?- sus ojos negros brillaron y su sonrisa se veía a través de la barba más gruesa que había visto Kit en su vida.

Kit parpadeó. —Um…

Sindy golpeó al gigante por su broma.

-Terry, no lo molestes. Señor Mallory, te vamos a llamar cuando Bo esté lista, ¿de acuerdo? ¿Te puedo ayudar en otra cosa?- ella pronunció cousa.

Kit se aclaró la garganta. — ¿Té, tal vez?- de pronto se dio cuenta que estaba hablando muy formalmente, imitando el acento inglés. Maldición. —Té sería genial, gracias.- dijo, hablando con su relajado acento estadounidense normal.

-¿A qué hora empezamos?

Sindy sonrió con alegría. —Cuando Bo llegue. Ya vuelvo con tu té.

Kit tuvo que admitir veinte minutos después que Terry, con su parecido a Pie Grande, tenía un supremo don con el maquillaje. Kit ahora se veía despierto, triste, sin verse tan… sobrecargado. Incluso fresco. Él le asintió a Terry a través del espejo.

-Hermano, si Hollywood aún no está tocándote la puerta pues… debería estar haciéndolo ahora.

-Salud, compañero.- Terry le mostró sus dos pulgares arriba.

-En serio, se necesita mucho talento para hacerme ver bien.- Kit se sentía bien siendo generoso con ese ánimo.

-Genial. Mira, necesito alistarme para Bo, así que…

-¿Ella no está aquí aun?

-No lo sé, amigo. Bo es Bo. La estilista debe estar viniendo por ti pronto. Nos vemos.

Kit esperó por alguien que estuviese viniendo para verlo, pero no llegaba nadie durante diez minutos, así que decidió salir y ver el set de grabación. Para él, había muchas personas caminando alrededor y hablando y no haciendo ningún trabajo. Bueno, tal vez las cosas marchaban diferentes aquí en Reino Unido. El estilista lo buscó y después de eso él agarró su iPad y respondió unos correos electrónicos. Revisó algunos sitios en línea de chismes para ver la reacción de la entrevista de Skandar y él, la cual se dio al aire en los Estados Unidos la tarde previa., y deseó no haberlo hecho.

Amaban a Skandar y a su declaración emocional de amor por su novia. Había fotos de Skandar y Hayley caminando por el parque, mirándose el uno al otro, obviamente con el permiso de su publicista Zoe, a quien Kit la consideraba inmediatamente muy tenaz. Ella era claramente un genio.

Kit, de todas maneras, no le salió nada bien. ¿Un Kit pasivo-agresivo? Estrella habla de su exesposa en una entrevista dilo-todo. Sour Grapes of Wrath: Mallory hierve mientras Winter entra y suspira al ver a su hermosísima exesposa. Fotos de Sebastian Winter besando a Asia. Idiota. Su ánimo se desplomó mientras miraba a Asia, tan hermosa y cálida mientras iluminaba a todos fácilmente en la alfombra roja. Hubo un tiempo en la que había iluminado su propia alfombra roja.

Apagó su iPad y fue a buscar a Sindy. Ella estaba hablando con los chicos de la iluminación. Kit fue hasta llegar a su lado.

-Mira, ¿alguien tiene idea de cuando Bo va a estar aquí?

Ella se puso blanca. —No lo sé. Ella no tiene un manager, así que ella se pone su propio horario. Ella va a llegar, no te preocupes.

-No estoy preocupado- dijo y se dio la vuelta para alejarse de ella. Joder, ¿Por qué acepté esto? El miró a ambos lados y se sentó en una silla con el nombre de Bo en ella. Un minion lo reprochó pero él lo asustó con su mirada. ¿Cuánto se supone que iba a esperar por esta mujer?

Una hora y media después, cuando estaba seriamente considerando echar a la basura toda esta cosa, hubo una conmoción. Risas, un cacareo estridente y maldiciones, allí estaba ella. Por un segundo, Kit solo podía ver abrigos de piel y uñas falsas, hasta que finalmente llego a su lado. Se puso de pie, furia corriendo por sus venas.

-¿Dónde carajos has estado?

Todo quedó en silencio. Bo lo miró, con su expresión en blanco, pero sus ojos lo estaban retando para que le gritara de nuevo y ver hasta dónde podía llegar. Ella era hermosa, Kit admitió de mala gana. Aquellas pronunciadas curvas, sus pechos grandes y con un escote en los que se podría perder y la cara de un ángel.

-¿Disculpa?

-¡Se suponía que debías estar aquí hace dos horas! ¿Crees que tengo todo el puto tiempo del mundo para perder el tiempo esperando a una cantante?

Silencio otra vez. Su sangre aun hirviendo se negaba a dar marcha atrás. Sin apartar la vista de él, Bo dijo al resto del set.

-¿Quién tiene la hora?

-Un minuto veinte- dijo una voz desde la parte de atrás. Bo sonrío.

-Jodidamente brillante. ¡Gané!- ella se dio la vuelta y levanto sus brazos hacia la pequeña multitud y todos aplaudieron. Kit no tenía idea de lo que estaba pasando y él lo demostró con su expresión. Bo se dio la vuelta y le sonrió. —Le aposté a estos tontos que podía hacerte perder la paciencia en menos de dos minutos. ¡Gracias a ti me he ganado cien libras!- de nuevo empezaron los aplausos. Kit tomó aire tratando de calmarse. Perder la paciencia otra vez no ayudaría en nada.

-Mira, ¿podemos empezar ahora?

Bo le hizo un gesto a la distancia con indiferencia.

-Tú quítate la camisa y trata de verte bonito; para mí solo será un minuto de maquillaje, luego podremos empezar con el asunto.

Diablos, por qué, por qué, ¿por qué su pene saltó atento cuando ella dijo eso? Esta perra estaba loca, era un dolor en el tarsero, demasiado desaliñada y hablaba como Dick Van Dyke en Mary Poppins… Joder. Él hizo un gesto duro. —Bien.

Ella le fue fiel a su palabra esta vez y cuando emergió en un asombroso vestido blanco el cual remarcaba cada curva de su perfecto rostro, su cabello rubio color miel caía en suaves olas sobre en sus hombros, no le hizo nada bien a su erección. Y por supuesto, tan pronto se metió en su primer cuerpo a cuerpo con la música reproduciéndose, ella empezó a cantar con la música de fondo, su voz era tan oscura, tan divina que, a su pesar, se perdió en el papel. Bo era completamente profesional, y una gran actriz, lo cual sorprendió mucho a Kit, y su química era innegable.

Al final del video, hay una escena donde su personaje, abatido y abandonado por su amor, se sienta solo en su habitación (elegantemente lamentándose) solo para mirar hacia arriba y encontrarse con ella esperándola en la puerta. Kit desempeñó el papel a la perfección, mirando a Bo quien lo esperaba. Se puso de pie y se acercó a ella tomándola en sus brazos.

El momento en que sus labios se encontraron, era como si lava corriera por sus venas y se besaron apasionadamente, de verdad. Ella sabía tan bien, tan dulce, y dios, el olor de su piel lo estaba volviendo loco. La acercó más, sin escuchar el grito del director diciendo corte. Bo, sus labios se curvaron en una sonrisa y no hizo ningún esfuerzo para alejarse. Sin que nadie los viera, ella deslizo su mano hasta sus pantalones y tocó su pene, acariciando la longitud caliente a través de la tela. Un pequeño gruñido se le escapó a Kit y él apretó su cabello, y apretó una vez sus labios en los de ella.

-¿Chicos?... ¿chicos? Sí, eso fue genial- el director tosió con torpeza.

Kit la soltó y Bo dio un paso atrás sonriendo.

-¿Consiguió lo que necesitaba?- dijo con calma al director con la cara roja, el cual asintió. —Bueno- se volvió a Kit y deliberadamente bajo su vista hasta su entrepierna y sonrió. —Gracias por venir, fue genial. Impresionante.

Se dio la vuelta y camino hasta fuera del set, gritando agradecimientos a todas las personas, quienes la aplaudieron mientras se iba.

Santa puta mierda. Kit no podía creer lo que acababa de pasar, y ahora ella solo se estaba yendo. ¿Qué mierda? El obviamente no podía ir detrás de ella, o que, ¿se suponía que debía seguirla? Él. ¿Kit Mallory? Claro que no.

En lugar de eso, puso su mejor sonrisa y le dio las gracias a cada miembro del equipo antes de irse. Jugó con la idea de llevarse a la asistente personal hasta el hotel, ella lo miró con ansiedad cuando sacudió su mano, pero descubrió que no quería, a pesar de tener la erección más dolorosa que había tenido en mucho tiempo. Maldita seas, Bo Kennedy, rompe bolas.

Fue hasta que regresó al hotel que se sintió mal. ¿Por qué eres tan gilipollas todo el tiempo? Se dijo a si mismo mientras se miraba en el espejo del baño. Él no solía ser así. La verdad era que, desde que había perdido a Asia, se sentía perdido. Se había cubierto en su devastación y culpa al volverse un cerdo insoportable e intocable. Bo Kennedy no era una rompe bolas ni le estaba tomando el pelo. Ella era una diosa que hasta ahora lo había vencido tres veces.

Y dios, sabía absolutamente que le encantaría que lo hiciera de nuevo.

Bo Kennedy se fue en ese momento, de vuelta a su masiva casa en el norte de la ciudad. Su cara y cuerpo acabados de limpiar bajo la ducha, volvió escaleras abajo y sonrió a la mujer sentada en el piso con un angelical niño de cabellos rubios que jugaba con unos trenes. Bo se sentó con ellos.

-Gracias, mamá- Bo besó la mejilla de su madre y tocó el pie del pequeño niño. —Hola tú, ¿tienes un beso para mami?

El chico, Tiger, se lanzó a sus brazos, y ella se rodó hacia atrás abrazándolo las manzanitas de las mejillas del niño hasta que empezó a reírse.

-Hizo un dibujo en la escuela hoy- su madre, Daphne, dijo con orgullo. —y ganó un premio. Muéstrale a mamá lo que has ganado.

Bo puso una cara emocionada.

-Oh, ¿Qué ganaste? Muéstrale a mamá, vamos.

Tiger saltó alegremente para ir a su habitación y buscar su premio. Bo se sentó en el sofá y suspiró.

-¿Ha estado todo bien, mamá?

-Sí, muy bien, querida. Te ves exhausta. ¿Cómo estuvo la estrella de cine?

Bo sonrió. —El estrellado de cine, cabeza dura, un poco pendejo, pero muy, muy sexy.

Daphne se puso roja, pero se rio. —Bo, eres mala.

Bo subió una mano hasta su cabello y se hizo una cola de cabello con una banda que tenía en la muñeca.

-Mm, desearía ser mala. ¿Sabes cuánto tiempo ha pasado? Daphne sacó una cara triste y Bo se rio. —No tienes remedio.

Daphne se levantó y empezó a ordenar los juguetes del niño.

-Bo, te diré lo mismo que le dije a tu tía. Lo que hice después de que tu padre se buscara a otra persona. Le dije que tengo mi propio dinero, mi propia casa y acceso completo al sitio web de Ann Summers. ¿Quién necesita un hombre?

Bo chilló de risa, rodando por el suelo.

-Nunca le has dicho eso a la tía Florrie.

-Lo hice. Y te lo estoy diciendo a ti, hiciste tu camino al éxito, mi niña, y tienes a ese pequeño ángel allá arriba.

Bo hizo un ademán con las manos. —Lo sé, mamá. Solo a veces, ¿lo entiendes?

-Lo sé. Por eso compré un perro.

-¡Eww, mamá!

-Para abrazar, idiota- su mamá rio. —Mira, si estás bien, me gustaría ir a casa.

Bo revisó su reloj. —Oh, claro… ¿Qué es esta noche?

-Supernatural- dijo su mamá emocionada. —creo que cometería incesto con mi hijo… especialmente si es Dean Winchester.

-Sucia. Mujer Vieja- Dijo Bo pero se rio. —Espero que ese vibrador tenga baterías, no quisiera que esto saliera en red nacional.

-Adiós- Daphne besó la mejilla de su hija. —Adiós, tiggy-Tiger- dijo mientras Tiger volvía de su habitación, con una masiva bolsa de caramelos.

Después de que su madre se fue, Bo se sentó con Tiger, tratando de persuadirlo de que no se comiera toda la bolsa de caramelos de una sola vez, revisó la cantidad de azúcar y se preguntó por qué alguien en la escuela pensó que sería buena idea dar azúcar como regalo. Tal vez se trataba de un profesor tomando venganza hacia los padres por mandar a los niños acabando de comer cereal azucarado. Más tarde, cuando Tiger estaba dormido, se acostó en su cama y se permitió a sí misma pensar en Kit Mallory. Si, ese chico era un idiota pero… Jesús… cuando él la besó, lo sintió justo entre sus piernas. Como nunca fue tímida, decidió en un impulso revisar sus bienes… y no estaban deficientes. En lo absoluto. Lo bueno es que el director se acercó a ellos. Si Mallory la hubiese follado ahí mismo, ella no se hubiera quejado.

Ella le empezó a dar vueltas a su teléfono en su mano una y otra vez. Ella sabía dónde él se estaba quedando en Londres… ella podía llamarlo… no. No lo hagas. Lo dejaste con ganas de más. No te ofrezcas en un plato.

-Solo no te tomes mucho tiempo, Kit Mallory- gruño en su almohada. Sentándose mientras encendía su TV. Luego, en un momento, lo cambió a Netflix… buscó las películas de Kit Mallory…

Había una, un Kit de veinte años, justo al comienzo de su carrera. Bo la puso para verla. Después de media hora después de ver al perfecto de cabello rubio, asintió para sí misma.

-Sí, Kit Mallory… no te tomes mucho tiempo.

En Seattle, Randall estaba cenando con sus hijos mayor y menos. Jakob y Grady, Gray para su familia, siempre se había llevado mejor con ellos de todos sus hijos y le gustaba su compañía.

-Aún no he conocido a Quilla- le dijo Grady a Jakob. — He oído que rivaliza a Helena de Troya- Grady dibujo una sonrisa divertida y Jakob lo siguió.

-Has oído muy bien. Está con su amiga Marley. Marley había estado lejos en un viaje de investigación así que ahora que volvió querían ponerse al día.

-¿Está totalmente bien ahora? ¿Quilla?

Jakob asintió pero Ran intercambio una mirada con Grady.

-Todavía no tenemos nada sobre Gregor Fisk, Se mantiene enviando amenazas, vicioso, solo nos contacta para decirnos cosas malas para asustarnos.

-No sabía- dijo Jakob con desolación en su voz haciéndola rasposa. —nunca hubiese imaginado que sería tan retorcido y tan lleno de ira.

Grady puso una mano en el hombro de su hermano.

-Hermanos, tenemos esto. Si él cree que puede esconderse en cualquier parte del mundo, si piensa que va a lastimar a alguno de nosotros otra vez...- Jakob hizo una mueca, obviamente recordando la terrible noche donde su hermosa chica fue apuñalada por su ex socio. Ran decidió cambiar de tema.

-Así que... ¿Dónde será tu próxima aventura?

-Aquí... bueno... algo así. Nueva Orleans. Una enorme venta se está acercando con algunas muy serias piezas. Un par de Rothkos y algunos bocetos de Georgia O'Keefe.

Los ojos de Ran se iluminaron. Incluso ahora, el arte era su primer amor, lo mismo que su hijo menor. Grady había pasado su vida como un nómada, yendo a todos los rincones del mundo para aprender de su oficio y también para ayudar a su padre a construir su portafolio. Raramente se quedaban con lo que encontraban, a excepción de los Hopper que tenían Jakob y Ran en sus casas y unas de Kahlo en la de Grady. Su negocio era comprar y vender, y ambos habían ganado miles de millones haciéndolo.

-Rothko- Ran dijo. —Siempre fue mi favorito.

Grady rio. Su padre era como un niño en una tienda de dulces cuando se trataba de arte.

-Dime, papá, ¿han quitado tu orden de restricción?

Ran lucia confuso. -¿Quién?

-Cada gran galería de arte que hay en el universo- Grady entonó y Jakob empezó a reírse fuerte.-

-Discúlpeme señor, pero me temo que hay un error aquí.

-No, no, oficial, mi chaqueta siempre ha estado en esta cajita.- respondió Grady con una expresión extraña de la voz de su padre.

-Señor, esa es la Mona Lisa- respondió Jakob y ambos se echaron a reír mientras Ran lo hacía levemente.

-Recuérdenme de sacarlos de mi testamento- dijo con el ceño fruncido y luego sonrió.

Suspiró. -dios, es bueno tenerte de vuelta, Gray. ¿Estarás aquí por un tiempo?

-Un par de días, luego debo ir a Nueva Orleans- dijo Grady. —pero prometo que después de eso estaré de vuelta por un muy largo tiempo.

Quilla Chen empujó la caja de pizza.

-No más. Ya no hay espacio en mi estómago.- Marley Griffin, su vieja y mejor amiga, le sonrió. Estaban sentadas en el apartamento de Marley, la escena muchos de sus divertidos encuentros a través de los años. Ahora, habían pasado meses desde la última vez que habían estado juntas. Marley pudo dejar la ciudad tan pronto supo que Quilla iba a estar bien, para ir a un viaje de búsqueda de tres meses a la selva Brasileña y ahora estaba entreteniendo a Quilla con cuentos de la selva amazónica, sus investigaciones y todos, todos los insectos que ella vio.

-Habían del tamaño de mi puño- dijo a Quilla encogiéndose. —y sus patas eran cinco o seis pulgadas más grandes que las normales.

-Dios, detente. No quiero saber sobre las tarántulas- Quilla apretó sus orejas con sus manos. —Si lo dices, no podré dormir.

Marley sonrió con picardía. —No olvidemos a las arañas saltadoras…

Quilla lanzó su almohada a su amiga. —Las palabras "saltadoras" y "arañas" nunca deberían estar en la misma oración. Nunca.

Marley se sentó, satisfecha por haber asustado a su amiga lo suficiente. A parte del rostro, ella se estaba apartando, Quilla se veía bien, un poco cansada. Marley jugó con una rebanada de pizza sobrante.

-¿Cómo está tu vida amorosa?- Quilla sonrió.

-En verdad, es fantástico. Jakob es… Dios, me gustaría poder decir lo que me hace sentir.

-¿Apuñalada?- Marley no pudo evitar decir el sarcástico comentario. Quilla palideció y ella inmediatamente se arrepintió de sus palabras.

-No fue culpa de Jakob- murmuró Quilla. —Por favor, Marl, no lo odies.

-No lo odio; solo creo que fue muy descuidado y tú pagaste el precio por eso.

-¿Cómo que descuidado? ¿A caso no debió haber despedido a Gregor? ¿No habrías hecho lo mismo?

Marley se veía molesta ahora. —El conoció a ese idiota durante años, ¿y no vio ese lado de él hasta ese día?

Quilla se retorció en su asiento, no queriendo quedar atrapada entre su mejor amiga y el amor de su vida. — Marl...

-Y sigue ahí afuera.

-La policía, los Mallory, están dando todo lo posible para poder encontrarlo.

Marley se levantó y fue hasta la ventana. Fuera de ella podía ver un sedán negro en donde estaban sentados dos guardaespaldas, silenciosos, los cuales siguieron a Quilla hasta su puerta. Marley negó con la cabeza.

-¿Cómo puedes vivir así? Te conozco, odias ser observada o supervisada.

Quilla suspiró. —Decide, Marl, ¿quieres verme protegida o muerta?

Era el turno de Marley de estremecerse. —Dios, Quilla...

-Me llama... Fisk, él me llama y me dice cosas repugnantes, las barbaridades más viles. El describe exactamente como me quiere matar y lo escucho todo. No puedo dejar de escuchar, porque en el medio de las amenazas podría escuchar o saber algo que haría avanzar en la búsqueda, y si llegara a pensar que no soy la única escuchando la llamada, colgará y perderemos cualquier oportunidad que tengamos para atraparlo. Es un psicópata, Marls. Si alguien más fuera la novia de Jakob, ella sería la de la cicatriz y las amenazas.

Marley se acercó a su amiga, viendo que empezaba a molestarse y la abrazó.

-Yo solo… me preocupo.

Quilla trató de no llorar por un momento. —Por favor, Marl, ahora que has vuelto, ven a conocer al resto de la familia, ven a conocerlos. Te prometo que vas a cambiar de opinión.

Marley suspiró pero le sonrió a su amiga.

-Por ti, cualquier cosa. Por ti, me hare amiga de los multimillonarios.

Quilla rio.

-Gracias, prometo que los vas a amar tanto como lo hago yo.

Habían pasado dos días, y Bo Kennedy aun no lo llamaba. Kit, caminando por el hotel, se encontró a si mismo deliberadamente extendiendo su estadía, no podía creer que él, Kit Mallory estaba esperando a que una mujer lo llamara. ¡Él!

Al diablo. Estaba harto de esperar como un enamorado adolescente. Agarró su teléfono. Sonó ocho veces antes de que ella contestara.

-Hola

-¿Bo?

Silencio. -Christopher Mallory, supongo.- ella arrastro las palabras y se rio. Era gruesa, ronca, era un sensual sonido. Kit cerró los ojos e imagino como la vibración de su risa se sentiría en su pene dentro de ella. Dios, tenía que follar a esta mujer, y pronto, o sus bolas explotarían.

-Ese soy yo- dijo a la ligera. —Escucha, pensé que tal vez debería llamar… gracias por invitarme a estar en el video, tal vez quisieras almorzar conmigo…

Almuerzo seguido de una tarde follando. Eso era lo que le estaba ofreciendo, y él estaba seguro de que ella sabía.

Había un silencio al otro lado del teléfono.

-¿En qué hotel estás?- dijo cortamente, y el rio y le dijo, sabiendo que ella ya sabía eso.

-Bien, ordena servicio a la habitación. Me gusta el filete. Una hora- y la línea se cortó.

Kit sonrió. —La victoria es mía; la victoria es mía- hizo un pequeño baile y luego se levantó. No seas idiota, esto, después de todo, es lo que haces mejor. El arte de la seducción.

Ahora era su turno de ganar.

Bo Kennedy se sentó en el taxi hacia el hotel, no muy segura de si lo que estaba haciendo era lo correcto. Tal vez, solo cogemos y luego me voy, los dos obtenemos lo que queremos. Finito. Se acabó. Comezón aliviada.

Ella esperaba eso.

Kit abrió la puerta de su suite y sonrió. No era una sonrisa falsa. Una amigable y conciliadora sonrisa. Bo entró, confundida, y vio que ya había pedido servicio a la habitación. Dos platos cubiertos en una mesa frente a una enorme TV.

Kit asintió referente a eso. —Pensé que debíamos comer

frente a la TV y ver algún programa basura.

¿Qué era esto? ¿Un movimiento? Bo achico los ojos mientras lo miraba, pero su mirada seguía firme.

-Oye, querías carne, tenemos filete y pap… digo, patatas fritas.

Ella se rio de su intento de anglicanizar papas fritas. —Me conseguiste filete.

La boca de Kit se abrió ligeramente en una sonrisa.

-Lo prometí.

La comida fue como el cielo, Bo tuvo que admitir media hora después, y Kit se había convertido en alguien a quien le podías hablar fácilmente. Fiel a su palabra, vieron algunos programas basura en la TV, algunos de los cuales Bo tuvo que traducírselos a un inglés estándar ya que la mayoría tenían acento británico.

-¿Qué es gobshite?

Bo no evito que se le saliera una risita. —Es el inglés de "idiota"

-Entiendo.

Finalmente él se volteó hasta ella, recostándose en el sofá, su brazo recostado en la parte de atrás de este. Sus dedos casi tocando su cabello.

-Así que… como dije al teléfono… gracias por invitarme a ser parte de tu video. La canción es genial, por cierto.

Él estaba tocando su cabello ahora, enrollando las puntas de este con sus dedos. Bo supo inmediatamente que era un movimiento practicado, tal vez, pero le había invitado una buena comida y era un hombre guapo… esa era su kriptonita. No. De ninguna manera. Ella no iba a caer por él.

Ella le dio una media sonrisa.

-Ha sido divertido, pero debería irme.

Kit solo sonrió. —Está bien.

¿Está bien? ¿Está bien? —Bien- ella se levantó y en una ráfaga de segundo, él la había tomado en sus brazos.

-Bo, dejemos de jugar. Los dos sabemos lo que queremos.

Idiota. Pero tenía razón, debía admitirlo. —No quiero un compromiso- dijo ella —no quiero flores, ni corazones ni mucho amor. No necesito a un caballero blanco.

-Entiendo.

-Entonces, ¿Qué es lo que quieres Kit Mallory?- como si no lo supiera.

Kit inclino su cabeza para besarla y era tan suave, tan dulce y envió sus sensaciones a flote. —Tú sabes.

Ahora sus dedos estaban en su cuello, en la parte del botón del vestido con la espalda escotada, cuando ella no se apartó, él lo desabrochó. El vestido se deslizo por sus curvas hasta el suelo.

-Wow, oh wow- dijo y se puso de rodillas, enterrando su cara en su vientre. Bo se estremeció cuando sus labios rozaron la piel, con sus dedos apretando la piel de sus caderas.

-Deberías estar desnuda todo el tiempo. O en la proa de un barco.- ella se rio. Se puso de pie y la beso de nuevo. Sin ningún permiso empezó a desabrocharle la camisa, poniendo sus manos en sus duros pectorales y buscando sus pezones para retorcerlos ligeramente antes de llevarlos a su boca.

Su mente era un torbellino… había previsto un festival de

sexo: fuerte, sucio y hecho en veinte minutos. No toda esta seducción. Ella dejó el pensamiento de que así era Kit Mallory, mejor conocido como un gran jugador pero… esto era inesperadamente tierno. El sacó su sujetador del camino y dejo que sus llenos y pesados pechos cayeran en sus manos, besándolos y acariciándolos llevo sus pezones a su boca. Ella empezó a sentir el calor entre sus piernas de excitación, en el momento que llegaron a la habitación ella estaba más que mojada, para cuando el por fin condujo su enorme y dura polla hasta su vagina, ella estaba más que lista.

-Dios, se siente tan bien- murmuró besándole los parpados, las mejillas y la boca. —no solo tu delicioso coño, sino tu piel, tus pechos, tu suave vientre… dios, Bo Kennedy…

Sus palabras la encendían al igual que sus fuertes embestidas, ella inclino sus caderas para hacer el contacto más profundo. Sus cuerpos encajando tan bien, ella olvido todo y solo disfruto cada sensación, las palpitaciones eléctricas de placer que su cuerpo estaba experimentando.

-No está nada mal, Kit Mallory- ella sonrió y él se limitó a reír y allí vio quien era realmente, un buen hombre debajo de toda esa arrogancia. Un amable y amoroso hombre.

Dios, ella esperaba que estuviese en lo cierto mientras él la condujo a un inexorable y demoledor orgasmo, seguido del de él, mientras gritaba su nombre una y otra vez.

Ella estaba preparada para un beso rápido y el "te llamaré un día de estos" o el "voy al baño y cuando vuelva no estarás aquí." En lugar de eso, con su pene semi duro, aun dentro de ella, él la encaró con ojos suaves, sin rastro de la arrogancia que ella una vez había visto, y dijo una simple palabra.

-Quédate.

Skandar, Hayley, Ran, Grady y Jakob estaban escuchando la última grabación de Gregor Fisk, en una llamada a Quilla. Quilla no estaba presente, ella no necesitaba pasar por esto dos veces, pero Jakob les dijo que debían escucharlo, solo para ver si podían encontrar algo, cualquier cosa en él.

-Ninguna teoría es muy pequeña o muy grande- dijo con cansancio –solo necesitamos una ventaja.

Las amenazas estaban enfermando a todos con su violencia y ahora Gregor había añadido un elemento sexual que había hecho que Hayley pusiera sus manos en su boca y corriera para vomitar. Skandar fue a buscarla. La encontró sollozando en uno de los baños de invitados. Ella cayó en sus brazos.

-Lo siento, es solo que, esa grabación, nunca supe de verdad lo que este tipo trataba de hacer. Está obsesionado.

Skandar hizo una mueca.

-Lo sé. La tenemos fácil nosotros, pero no quiero arriesgarme. ¿Cuándo termina tu semestre?

Ella le dijo y el asintió. –Con el riesgo de sonar como si estuviera controlándote, creo que deberíamos irnos, muy lejos por un par de semanas. Tenemos una isla privada que podemos usar. ¿Qué dices?

Ella sonrió a través de sus lágrimas. –Suena perfecto,

pero aún me siento muy mal por Jakob y Quilla. No pueden escapar a donde sea que vayan.

Skandar suspiró. —No, mira, volvamos allá. Tal vez podamos aportar ideas para Jakob.

Bo abrió los ojos. La luz atravesaba la cortina en el cuarto de hotel de Kit Mallory así que pudo adivinar que era de mañana. Kit seguía dormido y su manta solo cubría sus muslos, su ancho pecho se volvió hacia ella con la mano apoyada en su cintura. Dios, él era hermoso. Acaricio con un dedos sus ojos y el los abrió, mostrando su iris azul parpadeando hacia ella.

-Buenos días, preciosa.

Ella sonrió. —Señor Mallory, supongo- se rio y lo beso.

-Perdona mi aliento mañanero

-Igual. Lo bueno de las habitaciones de hotel es que siempre tienen cepillos de dientes de repuesto.

-Cierto- dijo sentándose y tirando de ella hacia arriba —y da la casualidad de que tienen una enorme ducha también, así que puedo enjabonarte mientras me quito el mal aliento contigo.

Ella se rio. —Eso suena casi perfecto.

-Anda a ese baño, mujer.

Él había pedido el desayuno mientras se vestía y ella quedó fascinada por la compota de frutas y el yogurt griego. Ella lo vio riéndose por la forma en que lo disfrutaba.

-Amo la comida- ella dijo sin culpa alguna. —la primera vez que firmé para un disco, hicieron todo lo posible para que perdiera peso. Cosas realmente pasivas agresivas, y cuando les dije que hicieran uno, lo siento, eso significa que se jodan en inglés,- ella se rio con el —solo se pusieron más agresivos. Y entonces mi álbum debut vendió más de veintisiete millones de copias. No han mencionado mi peso desde entonces.

-No deberían- dijo sacudiendo su cabeza —el número de desórdenes alimenticios en la industria es horrendo. Mientras estés sana, ¿a quién le importa? No cambies nada, eres una diosa.- él lo dijo como un comentario cualquiera pero ella de repente lo vio con ojos cristalinos.

-Eso debe ser la cosa más linda que alguien me haya dicho, gracias.

El tomo su mano y la beso. -¿Estas libre hoy?

Ella sacudió su cabeza. —Desearía, pero tengo un niño en casa que necesita estar con su mamá.

-¿Tienes un niño?- para su sorpresa, él no la vio asustado, sino emocionado e interesado. ¿Acaso ella había juzgado mal a este hombre? Sí.

-Sí, Tiger, tiene cuatro. Su papá y yo, bueno, lo nuestro era más algo de una noche pero nos llevamos bien y el ama a Tiger.

-Eso es genial… mi hermano gemelo tuvo a Skandar cuando era muy joven, pero la madre nunca se quedó con él.

-Usualmente es la otra parte la que se ausenta. Así que, si… me encantaría pasar el día contigo pero… ¿al menos que gustes venir? Vamos a ir al Museo de Historia Natural.

Kit lucia sorprendido. -¿En serio? Me encantaría… ¿segura que no es muy pronto para el exponerme?

Bo no pudo contener su sonrisa. —Muy pronto- implicaba que quería volver a verla y esa idea la asustaba más de lo que a ella le gustaría admitir. —No, compañero, él es genial.

Kit estaba sorprendido consigo mismo. Normalmente, pasar la tarde con ella no estaría en su lista de deseos, pero él se sentía curioso con esta mujer. Esta mujer podía comandar una audiencia de diez o miles en sus shows en vivo; podía vender millones de copias de sus álbumes y aun así encontraba el tiempo para ser su propio manager y para su hijo.

Ella lo hizo reír también, y después, cuando él estaba con Bo y su enteramente adorable hijo se encontró a si mismo sintiéndose más relajado y feliz; y repentinamente deprimido. ¿Era esto lo que él había estado perdiéndose? Él tenía todo, todo, y aun así tenía más diversión escuchando a un niño de cuatro años que le decía las diferencias entre los dinosaurios que miles de noches en un club nocturno. Tiger lo había llevado hasta otra parte, como su madre, él no era tímido y cuando Bo lo introdujo vio a Kit de arriba abajo con sus ojos color verde claro y se encogió de hombros. —Está bien, genial.

Ahora Tiger estaba escuchando al guía del recorrido. Kit se rio por lo bajo con Bo

-Es un muchacho grandioso.

Ella sonrió. Llevaba un vestido con un abrigo azul marino sencillo ceñido a la cintura para enfatizar las curvas de sus caderas y busto; su pelo estaba recogido en un moño suelto, y su hermoso rostro, era hermoso aun sin maquillaje.

Eres todo lo que el mundo dice con quien no debería estar, dijo mirándola, y eres todo lo que deseo.

Las personas los reconocieron, claro, y con frecuencia se detuvieron para firmar algunos autógrafos y tomarse algunas fotos. Kit admiro la forma en que Bo interactuaba fácilmente con sus admiradores, abrazándolos y posando para selfies con una gran sonrisa en su rostro. El abandonó su usual pose de estrella de cine y siguió lo que ella hacía.

-Eres tan tierno- le dijeron con sus voces maravilladas otra vez, y se sintió feliz y triste. ¿Es su reputación de idiota lo que le dieron para que viviera? Mierda. Aun así había sido tan distante con su familia. Había sido un cerdo con Skandar, el pobre chico, votó por hacer algo por él, por todos ellos, cuando volviera.

-Luces como si estuvieras ahogándote en tus pensamientos- Bo, finalmente libre de fans puso su mano debajo de su brazo. Él besó su frente.

-Bo, ¿crees que es posible cambiar la vida de alguien en tan solo unos días?

Bo se rio. —Compañero, mi vida cambia cada milisegundo- ella asintió hacia Tiger —pero, si, por supuesto, ¿Por qué?- ella lo estudio. —No me vas a decir que estás enamorado de mí, ¿verdad?- ella estaba bromeando pero entonces vio su rostro y su sonrisa se desvaneció. —Kit, no. Por favor no. Si lo dices ahora, tan pronto, no te creeré.

Kit estaba desconcertado —No puedo decir eso sintiendo lo que estoy sintiendo.

Ella tomo su rostro entre sus manos. —Mira, lo que sea

que estés sintiendo, felicidad, deseo, lujuria e incluso empezando a sentir amor… es lo que yo estoy sintiendo. Te prometo eso. Así que no te desanimes… esta es la parte emocionante. Estamos empezando a conocernos.

El rozo el dorso de su mano por su mejilla.

-Ya me has cambiado.

Ella sonrió.

-Muy buen trabajo el tuyo también.- sus ojos se suavizaron —Mira, no estoy diciendo que no lo digas, solo asegúrate de estar seguro antes de hacerlo y yo haré lo mismo. No somos adolescentes.

Kit sonrió. —Entonces ¿Me siento como soy?

Ella rio. —Kit Mallory… ¿me estás diciendo que finalmente estas siendo domado por esta chica londinense?

-No lo sé- la beso —pero lo voy a saber.

Skandar le sonrió a Hayley mientras la llevaba a su casa en su convertible.

-Hayley Applebee, un día, pronto, tendré que decir que te voy a llevar a casa y me refiero a nuestra casa.

Sus cejas se levantaron y se echó a reír.

-Las personas empezaran a hablar si me mudo contigo muy pronto...

Ella lo beso, saboreando el sabor de sus labios. —Te invitaría para que entraras pero creo que tu padre está adentro con mi hermana y recuerdas la última vez que los interrumpí.

El gruño. —Esa imagen está grabada en mi cerebro.

Ella se rio y empezó a salir del auto pero él la detuvo. Ella frunció el ceño al ver la expresión de sus ojos.

-Seriamente, Hays. Odio dejarte aquí. Por favor… agarra algunas de tus cosas y múdate conmigo. Ahora. Esta noche. Solo… saltemos y arreglemos lo que haremos en el camino.

Hayley se quedó viendo al hombre que amaba y él supo lo que iba a decir.

-Skandar- su cara estaba en blanco, y ella pudo ver la tristeza en sus ojos… y ella rio débilmente. –Ayúdame a empacar, entonces.

Skandar parpadeo -¿De verdad?

Ella se rio. –De verdad. Si, si, si, si…

Adentro, Joel y Nan, quienes los estaban viendo desde las ventanas rieron mientras Skandar agarraba a su novia y la levantaba del piso, riéndose mientras entraban a la casa.

Quilla Chen se dobló sobre el inodoro y vomitó otra vez. Jesús… ella no se había sentido tan mal desde la vez que la apuñalaron, el dolor punzante en el estómago le daban ganas de gritar. Fuera del baño, Jed, uno de los guardaespaldas toco la puerta cuidadosamente.

-Señorita Chen, ¿quiere que llame a un doctor?

Ella no contesto por un momento, lavando su boca con agua. Limpio su boca y fue hasta la puerta.

-No, no aun.- ella le sonrió a Jed débilmente. –probablemente solo es un malestar estomacal. Te llamare si cambio de opinión. Gracias, Jed, eres muy dulce por preocuparte.

Jed asintió. –Si está segura. Estaré en mi habitación- el cuarto de invitados ahora era el cuarto del guardaespaldas, seis de ellos se rotaban cada ocho horas al día, tres días trabajando y tres días no. Ella nunca estaba sola, pero estaba ciertamente a salvo.

Jakob estaba en el trabajo hasta tarde otra vez, ella se fue a la cama y encendió la TV. Ella se estaba durmiendo cuando escucho su nombre.

Chen, una graduada de Artes de veinticuatro años, mejor conocida por salir con el multimillonario Jakob Mallory. Ahora que su pasado se ha conocido, queda por ver si su relación puede superar la noticia de que Chen viene de una familia de prostitutas y drogadictos…

Ella no podía respirar, el impacto la golpeo fuerte, y su cabeza estaba dando vueltas.

Sin saber a dónde iba, tropezó fuera de la habitación mientras trataba de alcanzar el teléfono. Un dolor agonizante cruzó su estómago y después de un momento escuchó la voz de Jakob llamándola a lo lejos… muy lejos.